습
정

습정

1판 1쇄 발행 2020. 2. 20.
1판 3쇄 발행 2020. 5. 20.

지은이 정민

발행인 고세규
편집 임지숙 디자인 조명이 마케팅 이헌영 홍보 김소영
발행처 김영사
등록 1979년 5월 17일(제406-2003-036호)
주소 경기도 파주시 문발로 197(문발동) 우편번호 10881
전화 마케팅부 031)955-3100, 편집부 031)955-3200 | 팩스 031)955-3111

값은 뒤표지에 있습니다.
ISBN 978-89-349-8563-1 03810

홈페이지 www.gimmyoung.com   블로그 blog.naver.com/gybook
페이스북 facebook.com/gybooks   이메일 bestbook@gimmyoung.com

좋은 독자가 좋은 책을 만듭니다.
김영사는 독자 여러분의 의견에 항상 귀 기울이고 있습니다.

이 도서의 국립중앙도서관 출판시도서목록(CIP)은 서지정보유통지원시스템 홈페이지 (http://seoji.nl.go.kr)와
국가자료공동목록시스템(http://www.nl.go.kr/kolisnet)에서 이용하실 수 있습니다.(CIP제어번호 : 2020003380)

흔들리지 않고
고요히 나를 지키다

習靜

정

─ 정민 ─

김영사

그동안 펴낸 《일침》, 《조심》, 《석복》, 《옛사람이 건넨 네 글자》에 이어, 다시 1백 편의 글을 묶어 세상에 내보낸다. 사람들은 저마다 목소리를 낮추는 법 없이 제 할 말만 한다. 말은 앙칼지고 살기가 등등하다. 듣기를 거부하는 소음의 언어로 세상은 갈수록 시끄럽다. 거짓 정보, 가짜 뉴스에 덩달아 일희일비하다 보면 내 안에 나는 없고, 남만 잔뜩 들어 있다.

이번 글 묶음의 제목은 '습정習靜'으로 정했다. 침묵과 고요도 연습이 필요하다는 생각에서다. 침묵이 주는 힘, 고요함이 빚어내는 무늬를 우리는 완전히 잊어버린 것은 아닐까? 남 탓하며 분노를 키우는 사이, 정작 소중한 것들이 내 안에서 빛바래 간다. 그 사이에 우리는 무엇을 얻고 무엇을 잃었나?

마음의 소식에 귀를 닫고, 공부의 자세를 놓아둔 채, 세간의 시비에만 목을 늘이는 동안 내 안에서 슬며시 빠져나간 것들이 있다. '겸손은 더 보탬을 받고, 교만은 덜어냄을 부른다(謙受益, 滿招損).' 《주역》의 이 말이 아니더라도, 흥망성쇠의 사이클이야 멈춘 적이 없으니 굳이 물을 것이 없겠다. 세상은 덕을 채워나가는 쪽과 제 복을 털어내고 덜어내는 쪽의 길항으로 움직인다.

이래라저래라 할 것 없이, 마음 간수가 어느 때보다 절박하고 절실하다. 생각의 중심추를 잘 잡아야 한다. 날마다 조금씩 쌓아가는 것들의 소중함에 눈을 뜨고, 진실의 목소리에 더 낮게 귀를 기울이고 싶다. 나는 누군가? 여기는 어딘가?

이번 책도 김영사와 함께하게 되어 기쁘다. 앞서처럼 이번에도 임지숙 씨가 편집을 위해 애를 많이 썼다. 고마운 인사를 건넨다.

2020년 새봄,
매화 소식을 기다리며
정민

제 1 부

마음의 소식

차분히 내려놓고 가라앉혀라

沈靜神定

명나라 여곤呂坤이 《신음어呻吟語》에서 이렇게 말했다.

침정沈靜 즉 고요함에 잠기는 것은 입 다물고 침묵한다는 말이 아니다. 뜻을 깊이 머금어 자태가 한가롭고 단정한 것이야말로 참된 고요함이다. 비록 온종일 말을 하고, 혹 천군만마千軍萬馬 중에서 서로를 공격하며, 수많은 사람들 속에서 번잡한 사무에 응하더라도 침정함에 방해받지 않는 것은, 신정神定 곧 정신이 안정되어 있기 때문이다. 한 번이라도 드날려 뜻이 흔들리면, 종일 단정히 앉아 적막하게 말 한마디 하지 않아도 기색이 절로 들뜨고 만다. 혹 뜻이 드날려 흔들리지 않는다

해도 멍하니 졸린 듯한 상태라면 모두 침정이라고 말할 수는 없다.

沈靜非緘默之謂也. 意淵涵而態閑正, 此謂眞沈靜. 雖終日言語, 或千軍萬馬
中相攻擊, 或稠人廣衆中應繁劇, 不害其爲沈靜, 神定故也. 一有飛揚動擾之意,
雖端坐終日, 寂無一語, 而色貌自浮, 或意雖不飛揚動擾, 而昏昏欲睡, 皆不得
爲沈靜.

침정은 마음에 일렁임이 없이 맑게 가라앉은 상태다. 침정은 신정에서
나온다. 마음이 차분히 가라앉으면, 번잡한 사무를 보고 말을 많이 해도
일체의 일렁임이 없다.

이덕무李德懋(1741~1793)는 〈원한原閒〉에서 이렇게 썼다.

넓은 거리 큰길 속에도 한가로움이 있다. 마음이 진실로 한가롭다면
어찌 굳이 강호나 산림을 찾겠는가? 내 집은 시장 곁에 있다. 해가 뜨
면 마을 사람이 물건을 파느라 시끄럽다. 해가 지면 마을의 개들이 무
리지어 짖는다. 하지만 나는 홀로 책을 읽으며 편안하다. 이따금 문밖
을 나서면 달리는 사람은 땀을 흘리고, 말 탄 사람은 내닫으며, 수레와
말은 뒤섞여 얽혀 있다. 나만 홀로 천천히 걸음을 내딛는다. 일찍이 소
란함으로 인해 나의 한가로움을 잃지 않으니, 내 마음이 한가롭기 때문
이다.

通衢大道之中, 亦有閒, 心苟能閒, 何必江湖爲, 山林爲? 余舍傍于市, 日出,
里之人市而鬧, 日入, 里之犬羣而吠, 獨余讀書安安也. 時而出門, 走者汗, 騎者
馳, 車與馬旁午而錯, 獨余行步徐徐. 曾不以擾失余閒, 以吾心閒也.

엉뚱한 데 가서 턱없이 찾으니 마음이 자꾸 들떠 허황해진다. 가만히 내려놓고 차분히 가라앉히는 것이 먼저다. 고요함은 산속에 있지 않고 내 마음속에 있다.

허물이 있어도 고치면 귀하다

|

自侮人侮

정온鄭蘊(1569~1641)이 50세 되던 해 정초에 〈원조자경잠元朝自警箴〉
을 지었다. 서두는 이렇다.

어리석은 내 인생
기氣 얽매여 외물外物에 빠져,
몸을 닦지 못하니
하루도 못 마칠 듯.
근본 이미 잃고 보매
어데 간들 안 막히랴.

부모 섬김 건성 하고
임금 섬김 의리 없어.
나도 남도 업신여겨
소와 말로 대접하네.
나이라도 어리다면
지나갈 수 있다지만,
이제 어언 오십 되니
노쇠함이 시작될 때.
공자는 천명 알고
거백옥은 잘못 알아.

余生之悉　氣拘物泪　儳焉厭躬　如不終日
本旣失矣　何往不窒　事親不誠　事君無義
自侮人侮　牛已馬已　齒之尙少　容或不思
今焉五十　始衰之時　仲尼知命　伯玉知非

　　공자는 나이 오십을 지천명知天命이라 했고, 거백옥蘧伯玉은 50세가 되
자 "지난 49년의 인생이 잘못된 줄을 알았다〔年五十而知四十九年非〕"고 했
다. 쉰 살은 하늘이 나를 왜 세상에 냈는지를 알고, 지난 세월의 잘못을
깨닫는다는 나이다. 새해 쉰 살이 되어 나를 돌아보니 한심하고 무참하
다. 습기習氣를 못 벗어나 먹고사는 일에 골몰해서, 제 몸 수양은커녕 내
가 누군지조차 잊었다. 부모에게 제대로 된 효도도 한 적 없고, 임금을 의
리로 섬기지도 못했다. 내가 나를 업신여겨 함부로 대하니, 남도 나를 덩
달아 업신여긴다〔自侮人侮〕. 나는 나를 소나 말처럼 천하게 부렸고, 남도

나를 그렇게 함부로 대하게 만들었다. 젊다면 그 핑계라도 대겠지만, 오십은 지명지비知命知非의 나이가 아닌가?

그의 자성自省이 이어진다.

> 내 비록 못났지만
> 하늘 내심 받았다네.
> 이미 이를 알았다면
> 돌아보지 않을쏜가.
> 반성은 어이할까?
> 공경으로 할 뿐이라.
> 의관은 단정하게
> 거처함은 공손하게.
> 행실은 독실하게
> 말은 꼭 미더웁게.
> 욕심 막음 성城과 같고
> 분노 없앰 비로 쓸듯.
>
> 余雖下品　亦受天畀　旣已知之　胡不顧諟
> 顧諟伊何　曰敬而已　衣冠必整　居處必恭
> 行必篤實　言必信忠　防慾如城　除忿如彗

반성은 옷매무새와 몸가짐을 바로 하고, 행실과 언어를 점검하는 것으로부터 시작한다. 과도한 욕심을 성 쌓듯 둘러막고, 마음속 분노는 비로 쓸듯 쓸어낸다.

그다음은?

동정動靜을 서로 길러
안팎 함께 지킨다면,
영대靈臺가 맑아지고
마음 또한 빛나리라.
참으로 이러해야
사람이라 할 것이라.
이로써 환난에도
평상심 잃지 않고,
이로써 안락에도
교만방자 말아야지.
바로 서기 늦었지만
허물 고침 귀하다네.
성현 또한 사람이라
이리하면 성인 되리.
봄은 한 해 처음이요
정초에서 시작되니,
경계의 말 여기 써서
죽도록 지키리라.

動靜交養　內外夾持　靈臺澄澈　方寸光輝
尤若乎是　是曰人而　以之患難　不失素履
以之安樂　不至驕恣　立脚雖晚　改過爲貴

聖賢亦人　爲之則是　春惟歲首　日乃元始

書玆警詞　服之至死

새해를 맞는 내 다짐이기도 하다.

쓸모는 평소의 온축에서 나온다
|
閒不放過

《언행휘찬言行彙纂》의 한 대목.

　한가할 때 허투루 지나치지 않아야, 바쁜 곳에서 쓰임을 받음이 있다. 고요할 때 허망함에 떨어지지 않아야, 움직일 때 쓰임을 받음이 있다. 어두운 가운데 속여 숨기지 않아야, 밝은 데서 쓰임을 받음이 있다. 젊었을 때 나태하고 게으르지 않아야, 늙어서 쓰임을 받음이 있다.
　閒中不放過, 忙處有受用. 靜中不落空, 動處有受用. 暗中不欺隱, 明處有受用. 少時不怠惰, 老來有受用.

일 없다고 빈둥거리면 정작 바빠야 할 때 할 일이 없다. 고요할 때 허튼 생각 뜬 궁리나 하니 움직여야 할 때 찾는 이가 없다. 남이 안 본다고 슬쩍 속이면 대명천지 밝은 데서 아무도 거들떠보지 않는다. 젊은 시절 부지런히 노력하고 애써야지 늙었을 때 나를 찾는 곳이 있다. 사람은 한가하고 고요할 때 더 열심히 살고, 남이 안 볼 때 더 노력하며, 젊을 때 더 갈고닦아야 한다. 일 없을 때 일 안 하면 일 있을 때 일을 할 수가 없다. 사람의 쓸모는 평소의 온축蘊蓄에서 나온다.

평소의 몸가짐은 어떻게 해야 하나?

이는 단단하기 때문에 부러진다. 지극한 사람이 부드러움을 귀히 여기는 까닭이다. 칼날은 예리해서 부러진다. 그래서 지극한 사람은 두터움을 중하게 여긴다. 신룡神龍은 보기 어렵기 때문에 상서롭다고 말한다. 이 때문에 지극한 사람은 감추는 것을 귀하게 본다. 푸른 바다는 아득히 넓어 헤아리기가 어렵다. 그래서 지극한 사람은 깊은 것을 소중히 여긴다.

齒以堅毁, 故至人貴柔. 刀以銳摧, 故至人貴渾. 神龍以難見稱瑞, 故至人貴潛. 滄海以汪洋難量, 故至人貴深.

이의 단단함보다 혀의 부드러움이 낫다. 예리한 칼날은 쉬 부러지니, 날카로운 것만 능사가 아니다. 용은 자신을 감추기에 그 존재가 귀하다. 푸른 바다는 가늠할 수 없는 깊이가 있다. 사람도 그렇다. 부드럽고 두터우며 안으로 간직해 깊이 있는 사람이 무서운 사람이다. 단단하고 예리하고 잘 보이고 가늠하기 쉬운 것들은 하나도 무서울 게 없다. 제풀에 꺾이고 뻗대다가 자멸한다. 드러내는 대신 감추고, 얄팍해지지 말고 더 깊어질 필요가 있다. 사람 좋다는 소리를 듣기보다 내실을 지녀 함부로 범접할 수 없는 무게를 지니는 것이 낫다.

심유이병

공부는 달아난 마음을 되찾는 일

—

心有二病

바른 몸가짐은 바른 마음에서 나온다. 마음이 비뚤어진 상태에서 몸가짐이 바로 될 리가 없다. 다산은 《대학공의大學公議》에서 '몸을 닦는 것은 그 마음을 바르게 함에 달렸다〔修身在正其心〕'는 대목을 풀이하면서 자신의 생각을 덧붙였다.

마음에는 두 가지 병이 있다. 하나는 마음이 있는 데서 오는 병〔有心之病〕이고, 하나는 마음이 없는 데서 오는 병〔無心之病〕이다. 마음이 있다는 것은 인심人心을 주인으로 삼는 것이고, 마음이 없다는 것은 도심道心이 주인이 될 수 없는 것을 말한다. 이 두 가지는 다른 것 같지만 병통이 생기는 근원은 실제로 같다. 경敬으로써 내면을 바르게 하고, 공과 사를 구분해서 이를 살핀다면 이 같은 병통이 없어진다.

心有二病, 一是有心之病, 一是無心之病. 有心者, 人心爲之主也, 無心者, 道心不能爲之主也. 二者似異, 而其受病之源實同. 敬以直內, 察之以公私之分, 則無此病矣.

유심지병有心之病이 있고, 무심지병無心之病이 있다. 마음은 있어도 문제고 없어도 문제다. 하지만 따지고 보면 마음의 유무가 문제가 아니고, 어떤 마음을 지니느냐가 더 문제다. "자넨 생각이 너무 많아!" 안 해도 될 쓸데없는 생각이 너무 많다는 말이다. 유심지병이다. 그의 마음은 인심, 즉 계교하고 따지느라 바쁜 마음이다. "도대체 생각이 있나 없나?" 이런 소리를 듣는다면 그는 무심지병에 걸린 사람이다. 그저 몸을 따라 마음이 간다. 아무 생각이 없다.

해야 할 생각은 안 하고 쓸데없는 생각만 많다. 그러니 늘 몸과 마음이 따로 논다. 마음에 노여움과 원망이 있고 보니 말투가 모질고 사나워진다. 일을 열심히 해도 앞뒤가 바뀌어 늘 결과가 어긋난다.

두려움은 재난 앞에 흔들리고 위력 앞에 꼼짝 못하게 만든다. 돈 문제로 인한 걱정 근심은 사람을 무력하게 해서, 옳고 그름을 떠나 계산기를 두드리게 만든다.

허튼 마음을 닦아내고, 실다운 마음을 깃들이는 방법으로 다산은 '경이직내敬以直內'를 꼽았다. 공적인 일인지 사적인 욕심인지를 살펴 마음의 균형을 유지할 때 두 가지 마음의 병이 사라진다고 했다.

맹자는 "사람이 닭이나 개가 달아나면 찾을 줄 알면서, 마음은 놓치고

도 찾을 줄을 모른다. 공부란 별것이 아니다. 달아난 마음을 찾는 것일 뿐
이다"라고 했다.

마음이 주인 노릇을 못하면 몸은 그대로 허깨비가 된다.

후적박발

두텁게 쌓아 얇게 펴라

———

厚積薄發

임종칠林宗七(1781~1859)이 자신을 경계하는 글을 써서 벽에 붙였다.

네가 비록 나이 많고
네 병이 깊었어도,
한 가닥 숨 남았다면
세월을 아껴야지.
허물 깁고 성현 배움에
네 마음을 다하여라.
날 저물고 길은 멀어

네 근심 정히 깊네.

두터이 쌓아 얇게 펴

겉과 속이 순수하니,

한번 보면 도를 지닌

군자임을 알게 되리.

汝年雖暮　汝疾雖沈　一息尙存　可惜光陰

補過希賢　用竭汝心　日暮行遠　汝憂正深

及其厚積薄發　表裏純如　一見可知　其爲有道君子也

　　조두순趙斗淳(1796~1870)의 〈둔오임공묘갈명屯塢林公墓碣銘〉에 인용되어 있다. 글 속의 후적박발厚積薄發은 '쌓아둔 것이 두텁지만 펴는 것은 얇다'는 의미로, 온축을 쌓되 얇게 저며 한 켜 한 켜 펼친다는 말이다. 소동파가 서울로 떠나는 벗 장호를 전송하며 쓴 〈가설송장호稼說送張琥〉란 글에 처음 나온다.

　　소동파는 부자의 농사와 가난한 이의 농사를 비교하는 것으로 글의 서두를 열었다. 부자는 밭의 토양이 좋고 생활도 여유가 있다. 땅을 놀려가며 농사를 지어 땅의 힘이 살아 있다. 제때에 씨를 뿌려 익은 뒤에 거둔다. 가난한 집은 얼마 안 되는 땅에 달린 입은 많아서, 밤낮 식구대로 밭에 달라붙어 김매고 호미질하기 바쁘다. 놀릴 땅이 없는지라 땅의 힘이 쇠하여 소출도 적다. 제때에 파종하기도 어렵고, 주림을 구하기 바빠 익을 때까지 기다릴 여유도 없다.

　　이어 소동파는 옛사람을 부잣집에, 지금 사람은 가난한 집에 견줘, 여유롭게 기르고 채워 마침내는 차고 넘치게 되는 옛사람과, 그때그때 써먹기 바빠 온축의 여유가 없는 지금 사람의 공부를 대비했다. 소동파는 "아! 그대는 이를 떠나 배움에 힘쓸진저! 널리 보고 핵심을 간추려 취하고〔博觀而約取〕 두텁게 쌓아서 얇게 펴는 것〔厚積而薄發〕, 나는 그대에게 여기에서 멈추라고 말해주겠다"라고 썼다.

　폭넓게 보고 그 가운데 엑기스만을 취해 간직한다. 두텁게 차곡차곡 쌓아두고 한꺼번에 쏟아내는 것이 아니라, 조금씩 아껴서 꺼내 쓴다. 그래야 수용이 무한하고 응대가 자유로워진다. 가난한 집 농사짓듯 하는 공부는 당장에 써먹기 바빠 쌓일 여유가 없다. 허둥지둥 허겁지겁 분답스럽기만 하다.

위로와 기쁨이 되는 풍경

|

洗滌塵腸

내가 다산초당의 달밤을 오래 마음에 품게 된 것은 다산이 친필로 남긴 다음 글을 읽고 나서다.

9월 12일 밤, 나는 다산의 동암東菴에 있었다. 우러러 하늘을 보니 아득히 툭 트였고, 조각달만 외로이 맑았다. 남은 별은 여덟아홉을 넘지 않고, 뜨락은 물속에서 물풀이 춤추는 듯하였다. 옷을 입고 일어나 나가 동자에게 퉁소를 불게 하자 그 소리가 구름 끝까지 울려 퍼졌다. 이때에는 티끌세상의 찌든 내장이 말끔하게 씻겨나가 인간 세상의 광경이 아니었다.

九月十二之夜, 余在茶山東菴. 仰見玉宇寥廓, 月片孤淸, 天星存者, 不逾
八九. 中庭藻荇欹舞. 振衣起行, 令童子吹簫, 響徹雲際. 當此之時, 塵土腸胃,
洗滌得盡. 非復人世之光景也.

눈썹달이 떠오른 초당의 어느 날 밤 풍경이다. 맑은 하늘에 조각달만
걸렸다. 별도 몇 개 뜨지 않은 밤, 바람에 살랑대는 나뭇가지 사이를 달빛
이 통과하면서 만드는 그림자가 마치 물속에서 물풀이 흔들리는 듯한 정
취를 자아낸다. 다산은 공부를 하다가 찬 공기를 쐬려고 문을 벌컥 열었
던 모양이다. 이때 문득 맞닥뜨린 광경에 저도 몰래 마당에 내려서니, 마
치 물속을 유영하는 느낌이다. 동자의 퉁소 소리는 하늘 끝에 사무친다.
세상의 이런저런 근심마저 흔적 없이 사라져 티끌에 찌든 내장을 헹궈낸
듯 깨끗하다.
　해남의 천경문千敬文에게 준 편지에도 비슷한 내용이 있다.

　지각池閣에 밤이 깊었는데 산에 달이 점차 오르더니, 빈 섬돌에 물풀
이 흔들리며 춤을 춥니다. 옷을 걸쳐 입고 홀로 서자 정신이 복희伏羲와
신농神農의 세상으로 내닫는군요. 다만 운치 있는 사람과 함께 곁에서
담론하지 못하는 것이 유감입니다.
　池閣夜深, 山月漸高. 空階藻荇翻舞. 攬衣獨往, 馳神犧農之世. 但恨傍無韻
人, 與之談論也.

다산이 적막한 귀양지의 삶을 형형한 정신으로 버텨낼 수 있었던 것은,
이따금 우연히 맞닥뜨린 이 같은 순간이 준 위로 때문이었을 게다. 누구

에게든 마음속의 다산초당은 있다. 먹고사느라 바빠 등 떠밀려 허겁지겁 살아온 세월 속에서, 생각만으로도 마음에 위로가 되고 떠올리면 기쁨이 되는 풍경들이 있다. 티끌세상의 욕심에 찌든 내장을 깨끗이 세척해줄 나의 다산초당은 어디인가?

형범미전

덧없고 허망한 것에 마음 주지 않는다
|
荊凡未全

서주西周 시절 이야기다. 초왕楚王과 범군凡君이 마주 앉았다. 초왕의
신하들이 자꾸 말했다. "범은 망했습니다." 망한 나라 임금하고 대화할
필요가 없다는 뜻이었다. 세 번을 거듭 말하자, 범군이 말했다. "범나라는
망했어도 내가 있지 않소. 범나라가 망해도 나의 실존을 어쩌지 못한다
면, 초나라가 존재함도 그 존재를 장담치 못할 것이오. 이렇게 보면 범은
망한 적이 없고, 초도 있은 적이 없소."《장자》〈전자방田子方〉에 나온다.
있고 없고, 얻고 잃고는 허망한 것이다. 있다가 없고, 잃었다가 얻는 것
이 세상 이치다. 있어도 있는 것이 아니고, 잃었어도 그걸로 끝이 아니다.
사람들은 잠깐의 존망에 안절부절못하며, 옳고 그름보다 득실만 따진다.

유계兪棨(1607~1664)가 세상을 떴을 때 송준길宋浚吉은 만사輓詞에서
이렇게 썼다.

　　이제껏 세상일들 몹시 어지러웠어도
　　넘난 물결 버팀목은 그대 힘을 입었었네.
　　세상에서 친하던 이 밀랍 씹듯 떫어지고
　　인간 세상 많은 얘기 뜬구름과 비슷하다.
　　살고 죽음 그 누가 늘 마음에 두겠는가
　　오르내림 예로부터 하늘 뜻 아님 없네.
　　의화毅和 선표單豹 모두 다 죽은 것 탄식하니
　　형荊과 범凡이 보전치 못했음을 내가 아네.
　　邇來世事劇紛紛　砥柱橫波賴有君
　　海內交親猶嚼蠟　人間論說似浮雲
　　存沒幾人常在念　升沈從古孰非天
　　堪嗟毅豹均爲死　定識荊凡各未全

　　그대는 격랑의 세월 속에 한 시대의 든든한 버팀목이었다. 한때 교분을
과시하며 가깝던 이들은 어느새 싸늘히 돌아서서 남 보듯 한다. 지금 그
들이 열을 내서 하는 얘기도 조금 지나면 다 뜬구름이다. 죽고 살고가 무
슨 큰 문제며, 오르고 내림을 내 뜻으로 어이하리. 선표는 제 힘을 믿고
험한 길을 가다가 주린 범에 물려 죽었고, 장의는 평생을 삼갔어도 열병
에 걸려 방 안에서 죽었다. 형荊 즉 초나라와 범나라도 결국은 다 망했다.
"왜 저런 것과 상대합니까?" 하던 그 신하들도 흙이 된 지 오래다.

고려 때 이인로李仁老는 〈화귀거래사和歸去來辭〉에서 노래한다.

　　나방은 불로 뛰어들며 저 죽을 줄 모르나니
　　망아지 벽 틈 지남 쫓아갈 방법 없네.
　　손을 마주 잡고서 맹세를 하자마자
　　머리도 돌리기 전 모두 틀어지누나.
　　장臧과 곡穀은 다 잃었고
　　형과 범은 다 망했지.
　　정신으로 말을 삼고
　　박을 갈라 술잔 하리.
　　蛾赴燭而不悟　駒過隙而莫追
　　纔握手而相誓　未轉頭而皆非
　　臧穀俱亡　荊凡孰存
　　以神爲馬　破瓠爲樽

　나방은 불을 보고 달려들다 그 불에 죽는다. 세월은 순식간에 지나간
다. 변치 말자고 웃으며 맹세하고는 돌아서서 서로를 비난한다. 장은 책
을 읽다 양을 잃었고, 곡은 노름을 하다가 양을 잃었지만, 잃은 것은 똑같
다. 잘나가던 초나라나 이미 망한 범나라나 지금은 다 사라졌다. 허망한
것에 마음 쓰지 않겠다. 덧없는 것들에 줄 시간이 없다. 광대무변한 정신
의 세계에서 신마神馬를 타고 노닐리라.

밑도 끝도 없는 이야기
|
天上多事

명나라 진계유陳繼儒는 최고의 편집자였다. 당나라 때 태상은자太上隱者란 이가 적어두었다는 옛 신선들의 믿거나 말거나 하는 이야기를 모아 《향안독香案牘》이란 책을 엮었다. 몇 가지 소개한다.

백석생白石生이란 이는 신선의 양식이라 하는 백석白石을 구워 먹고 살았다. 사람들이 그에게 물었다. "당신은 어째서 천상으로 올라가지 않는 겁니까?" 그가 웃으며 말했다. "천상에는 옥황상제 받드는 일이 너무 많아 인간 세상보다 더 힘들어요." 당시에 사람들이 그를 은둔선인隱遁仙人이라 불렀다.

황안黃安은 너비가 석 자쯤 되는 신령스러운 거북 등에 앉아 있었다.

이동할 때는 거북을 등에 지고 갔다. 그가 말했다. "복희씨가 처음 그물을 만들어 잡은 거북이인데 내게 주었지요. 하도 앉아 등도 이미 평평해졌어요. 이 거북은 햇빛과 달빛을 두려워해서 3천 년에 한 번만 머리를 내밉니다. 내가 여기 앉은 이래로 그가 머리 내민 것을 다섯 번 보았소."

섭정涉正은 20년간 눈을 감고 살았다. 제자가 눈을 한 번만 떠보시라고 간절히 청하자 섭정이 눈을 떴는데, 우렛소리가 나고 섬광이 번갯불빛 같았다. 그러자 그는 다시 눈을 감아버렸다.

회남왕 유안劉安이 태청선백太淸仙伯을 뵈었는데, 태도가 공손치 않다면서 유안을 귀양 보내 하늘나라 화장실을 지키게 했다.

조병趙丙이 배를 타고 가다가 어떤 사람을 만났다. 그는 물을 따라 술로 만들더니, 노 하나를 깎자 육포肉脯가 되었다. 둘이 함께 취하도록 마시고 배불리 먹었다.

72인의 이런 터무니없는 이야기들이 밑도 끝도 없이 열거된다. 대낮에도 그림자가 없었다는 현곡玄谷, 귀의 길이가 7촌에 이는 하나도 없었다는 완구阮丘, 술 취해 바위에 먹물을 뿌리면 모두 복사꽃으로 피어났다는 안기생安期生 같은 이도 있다.

천상에는 일이 많으니 인간 세상에서 그냥 이렇게 살겠다던 은둔선인부터, 강물 떠서 술 마시고 노를 깎아 안주로 먹던 조병까지, 심란하던 시절 진계유가 꿈꾸었던 그들과 만나 한나절 잘 놀았다.

눈앞의 오늘에 충실하자

|

去年此日

벗들이 어울려 놀며 질문에 대답을 못하면 벌주를 마시기로 했다. 한 사람이 물었다. "지난해 오늘(去年此日)은 어떤 물건인가?" "지난해는 기유己酉년이고 오늘은 21일이니, 식초(醋)일세." 그는 벌주를 면했다. 이십 (卄) 일— 일日을 합치면 석昔이고 닭띠 해는 유酉라, 합쳐서 초醋가 되었다. 청나라 유수鈕琇의 《고잉觚賸》에 나온다. 일종의 파자破字 놀이다.

글을 읽다가 문득 지난해 오늘 나는 뭘 하고 있었는지 궁금해졌다. 일기를 들춰보니 여전히 논문을 들고 씨름 중이다.

이학규李學逵(1770~1835)가 3월 말일에 쓴 시 〈춘진일언회春盡日言懷〉는 이렇다.

지난해 이날엔 봄이 외려 끝났더니
올해의 오늘은 사람 아직 안 왔다네.
어이해야 이 마음을 얼마쯤 남겼다가
내년의 이날에 날리는 꽃 구경할까?
去年此日春還盡　此日今年人未歸
那得心腸賸幾許　明年此日看花飛

　작년엔 봄이 그저 가버린 것이 아쉬웠는데, 올해는 풍경 속으로 들어가
지도 못했다. 그래서 아쉬운 이 마음을 조금 남겨두었다가, 내년 봄에는
지는 꽃잎이라도 보겠다는 얘기다.
　다음은 정희득鄭希得이 통신사행을 따라 일본에 갔다가 지은 시 〈청명
일전파유감淸明日奠罷有感〉이다.

지난해 오늘은 고향 산서 봄 맞더니
올해의 오늘에는 아파강阿波江 물가일세.
이 몸은 참으로 물결 위 부평초라
내년의 오늘에는 어느 곳에 있을런가.
去年此日故山春　今年此日阿江渚
此身正似波上萍　明年此日知何處

　서거정徐居正(1420~1488)이 쓴 〈추도소녀追悼小女〉는 또 이렇다.

지난해 오늘에 너는 아직 있었는데

올해엔 아득히 어디로 가버렸나.
어이 다시 옷깃 당겨 대추 달라 하겠느냐?
네 모습 생각나서 눈물 막지 못하겠네.
去年此日汝猶在　今歲茫茫何所之
那復牽衣求棗栗　不堪流涕憶容姿

그사이에 어린 딸이 세상을 뜬 것이다.

금년에는 작년이 그립고, 내년이면 금년이 그리울 것이다. 아련한 풍경은 언제나 지난해 오늘 속에만 있다. 눈앞의 오늘을 아름답게 살아야 지난해 오늘을 그립게 호명할 수 있다. 세월의 풍경 속에 자꾸 지난해 오늘만 돌아보다 정작 금년의 오늘을 놓치게 될까 봐 마음 쓰인다.

더뎌야만 오래간다

—

能耐久全

이항로李恒老(1792~1868)가 말했다.

공부함에 있어 가장 두려운 것은 오래 견디지 못하는 것이다. 오래
견딜 수 없다면 아주 작은 일조차 해낼 수가 없다.

爲學最怕不能耐久, 不能耐久, 小事做不得.

김규오金奎五(1729~1791)는 또 〈외암홍공행장畏菴洪公行狀〉에서 이렇게
썼다.

우리의 근심은 흔히 괴로움을 능히 견뎌내지 못하는 데 있다. 한번 근심이 있게 되면 문득 여기에 얽매여 동요하고 만다. 그러니 그 사생과 화복에 있어 어떻게 처리할 수 있겠는가?

吾輩之患, 多在於不能耐苦. 一有憂穴, 便被膠擾, 其於死生禍福, 如何處得?

운양雲養 김윤식金允植(1835~1922)의 시 〈감람橄欖〉은 이렇다.

푸릇푸릇 소금에 절인 흔적 약간 띠어
가만히 씹어보자 맛있는 줄 알겠구나.
충언도 급히 하면 받아들이기 어렵지만
풀어 말하면 뉘 능히 번거로움 견뎌낼까?

青青微帶漬鹽痕　細嚼方知意味存
忠言驟進宜難入　紬繹誰能耐久煩

소금에 절인 올리브 열매를 오래 씹자 그제야 맛없는 맛이 느껴진다. 세상일이 이와 같아 오랜 시간 번거로운 과정을 견뎌내야만 비로소 참맛을 알 수 있다. 그렇다고 장황하게 늘어놓기만 해서는 외려 역효과가 난다.

강석규姜錫圭(1628~1695)가 쓴 〈차류만춘기시운次柳萬春寄示韻〉의 첫 네 구는 이렇다.

늙도록 공부 힘써 무릎 닿아 책상 뚫고
몇 번의 더위 추위 지났는지 모르겠네.
이무기가 설령 뇌우 만나지 못한대도

송백은 눈서리를 외려 능히 견딘다네.

到老劬書膝穿床　不知曾閱幾炎凉

蛟龍縱未逢雷雨　松柏猶能耐雪霜

평생 쓴 책상이 무릎에 닳아 구멍이 난 사이에 몇 번의 여름과 겨울이 지나갔던가. 이무기는 우레를 만나야 용이 되어 승천하지만, 설령 못 만난들 책과 함께한 일생이 부끄럽지는 않다. 송백이 송백인 것은 그 호된 눈보라와 무서리를 견뎌냈기 때문이다.

이수인李樹仁(1739~1822)은 시 〈황자이국음黃紫二菊吟〉에서 이렇게 노래했다.

자주색 국화가 황국 곁에 돋더니만

황색 국화 더디 피고 자주 국화 먼저 핀다.

이제껏 바른길은 더딘 성취 많았거니

더뎌야만 바야흐로 오래 견딜 수가 있네.

紫菊生於黃菊邊　黃菊猶遲紫菊先

由來正道多遲就　遲就方能耐久全

한세상 살다 가는 일이 온통 참고 견디며 쌓아가는 과정일 뿐이다.

산산가애

쟁글쟁글 울리는 인생의 소리

|

珊珊可愛

'산산珊珊'은 형용사다. 원래는 사람이 허리에 패옥을 차고 걸을 때 가볍게 부딪쳐 나는 소리를 말한다. 사뿐사뿐 부드럽고 아름다운 모습을 형용하는 표현으로도 자주 쓴다. 당나라 원진元稹은 〈비파가琵琶歌〉에서 이렇게 노래했다.

한 연주 막 끝나고 또 한 차례 연주하니
고요한 밤 구슬주렴 바람에 쟁글쟁글.
一彈旣罷又一彈　珠幢夜靜風珊珊

미인이 주렴 안쪽에서 비파를 연주한다. 그녀가 뜯는 비파의 울림이 고요한 밤중에 구슬주렴을 진동시켜 가볍고 은은한 소리를 낸다는 뜻이다.

송나라 때 신기질辛棄疾의 〈임강선臨江仙〉도 있다.

> 남쪽 연못 밤비가 새 기와를 울리니
> 삼경이라 소낙비 쟁글쟁글 들리네.
>
> 夜雨南塘新瓦響 三更急雨珊珊

새로 얹은 기왓장을 빗방울이 때리고, 그것이 튕겨오르면서 내는 해맑고 여린 공명음을 '산산'으로 포착했다.

명나라 귀유광歸有光의 대표작 〈항척헌지項脊軒志〉는 애잔한 글이다. 항척헌은 고향집의 서실 이름이다. 한 사람이 겨우 거처할 만한 공간인데, 100년이나 묵어 비만 오면 천장에서 빗물이 새고 진흙이 떨어졌다. 북향으로 해를 받지 못해, 오후면 이미 어두워지는 그런 방이었다.

이 방을 물려받은 그는 수리부터 했다. 지붕을 새로 이어 비가 새지 않게 하고, 창을 네 개나 두어 환하게 했다. 뜨락엔 꽃나무를 심고 난간을 둘러 눈을 기쁘게 했다. 책을 시렁 가득 꽂아두고, 누워 휘파람 불다가 고요히 앉아 책을 읽었다. 온갖 자연의 소리가 들려왔다. 정원은 적막해서 작은 새가 이따금 와서 모이를 쪼고 갔다.

나는 특히 이 대목이 좋다.

> 보름밤 밝은 달이 담장에 반쯤 걸리면 계수나무 그림자가 어른댄다.
> 바람이 흔들어 그림자가 움직이면 쟁글쟁글 그 소리가 사랑스러웠다.

三五之夜, 明月半墻, 桂影斑駁, 風移影動, 珊珊可愛.

귀유광이 이곳을 특별히 아낀 것은 어머니와 일찍 세상을 뜬 아내와의 추억이 깃들어서다. 〈항척헌지〉는 이렇게 끝난다. "마당에는 비파나무가 있는데, 내 아내가 세상을 뜬 해에 손수 심은 것이다. 지금은 이미 높이 자라 일산日傘만 하다." 마음이 애틋해진다.

검신성심

말씀의 체에 걸러 뜬마음을 걷어내자

|

檢身省心

송나라 때 이방헌李邦獻이 쓴《성심잡언省心襍言》을 읽는데 '성' 자의 생
김새에 자꾸 눈길이 간다. 성省은 살피고 돌아본다는 의미이나, '생'으로
읽으면 덜어낸다는 뜻이 된다. 돌이켜 살피는 것이 반성反省이라면, 간략
하게 줄이는 것은 생략省略이다. 이 둘은 묘하게 맞닿아 있다. 자세히 살
피려면 눈(目)을 조금(少) 뜨고, 즉 가늘게 뜨고 보아야 한다. 또 항목項目
을 줄여야만(少) 일을 덜어낼 수가 있다.

어찌 보면 잘 살피는 일은 잘 덜어내는 과정이기도 하다. 먼저 해야 할
것과 나중에 해도 되는 것을 갈라내고, 해야만 할 일 속에 슬쩍 끼어드는
안 해도 되는 일과 안 해야 할 일을 솎아낸다. 반성과 생략은 이렇게 하나

로 다시 맞물린다.

이덕형李德馨(1561~1613)은 〈사직차辭職箚〉에서, 한 일 없이 자리만 차지해 임금께 죄를 지은 잘못을 사죄하며 이렇게 썼다.

성현께서 남긴 책을 살펴, 몸을 검속하고 마음을 살피는〔檢身省心〕 일에 종사해 조금이나마 근본이 선 뒤에 다시 임금을 섬긴다면, 행동에 근거가 있어 오늘날의 이 같은 어리석음에 이르지 않게 될 것입니다.

閱聖賢遺書, 從事於檢身省心之地, 少立根本然後, 還事聖明, 則庶幾行之有據, 不至如今日之鹵莽矣.

검신성심檢身省心! 몸단속을 잘하고 마음을 점검한다. 이것을 '검신생심'으로 읽으면 어떻게 되나? 몸가짐을 점검하고 마음을 비워나간다. 이런 뜻이라면 '성심'을 '생심'이라 읽어도 괜찮겠다는 생각이다.

《성심잡언》에 실린 몇 항목을 소개한다.

말을 적게 해야 비방이 줄어들고, 욕심을 줄여야만 몸을 보전한다.

寡言省謗, 寡慾保身.

말수를 줄이고 벗 사귐을 가려야만 뉘우침과 자만이 없고 근심과 욕됨을 면할 수 있다.

簡言擇交, 可以無悔吝, 可以免憂辱.

말을 많이 해서 이득을 얻음은 침묵하여 해로움이 없는 것만 못하다.

多言獲利, 不如默而無害.

밀실에 앉아서도 큰길에 있는 듯이 하고, 작은 마음 모는 것을 여섯 마리 말을 몰듯 하면 허물을 면할 수 있다.

坐密室如通衢, 馭寸心如六馬, 可以免過.

이름에 힘쓰는 자는 그 몸을 죽이고, 재물이 많은 자는 그 후손에게 재앙이 있다.

務名者殺其身, 多財者禍其後.

말씀의 체에 걸러 참마음을 살피고 뜬마음을 걷어내야겠다.

다자필무

바쁜 일상에서 단출한 생활을 꿈꾸다

—

多者必無

바쁜 일상 속에서도 평온을 꿈꾼다. 일에 파묻혀 살아도 단출한 생활을 그리워한다. 명나라 사람 팽여양彭汝讓의 《목궤용담木几冗談》을 읽었다.

책상 앞에서 창을 반쯤 여니, 고상한 흥취와 한가로운 생각에 천지는 어찌 이다지도 아득한가? 맑은 새벽에 단정히 일어나서는 대낮에는 베개를 높이 베고 자니, 마음속이 어찌 이렇듯이 깨끗한가?

半窗一几, 遠興閑思, 天地何其寥闊也? 淸晨端起, 亭午高眠, 胸襟何其洗滌也?

새벽 창을 여니 청신한 기운이 밀려든다. 생각은 끝없고 천지는 가없다. 낮에는 잠깐 눈을 붙여 원기를 충전한다. 마음속에 찌꺼기가 하나도 없다.

몹시 조급한 사람은 반드시 침착하고 굳센 식견이 없다. 두려움이 많은 사람은 대개 우뚝한 견해가 없다. 욕심이 많은 사람은 틀림없이 강개한 절개가 없다. 말이 많은 사람은 늘 실다운 마음이 없다. 용력이 많은 사람은 대부분 문학의 아취가 없다.

多躁者必無沈毅之識, 多畏者必無踔越之見, 多欲者必無慷慨之節, 多言者必無質實之心, 多勇者必無文學之雅.

어느 한 부분이 지나치면 갖춰야 할 것이 사라진다. 급한 성질이 침착함을 앗아가고, 두려움은 과단성을 빼앗아버린다. 다변多辯은 마음을 허황하게 만든다. 힘만 믿고 날뛰면 사람이 천박해진다.

지나치게 부귀하면 교만해져서 도리에 어긋나기가 쉽다. 너무 가난하거나 천하면 움츠러들기 쉽다. 환난을 지나치게 겪으면 두려워하기가 쉽다. 사람을 너무 많이 상대하면 수단을 부리기 쉽다. 사귀는 벗이 너무 많으면 들떠서 경박해지기가 쉽다. 말이 너무 많으면 실수하기 쉽다. 책을 지나치게 많이 읽으면 감개하기가 쉽다.

多富貴則易驕淫, 多貧賤則易局促, 多患難則易恐懼, 多酬應則易機械, 多交遊則易浮泛, 多言語則易差失, 多讀書則易感慨.

많아 좋을 것이 없다. 지나친 부귀는 인간을 교만하게 만들고, 견디기 힘든 빈천은 사람을 주눅 들게 한다. 환난도 지나치면 사람을 망가뜨린다. 종일 이 일 저 일로 번다하고, 날마다 이 사람 저 사람 만나 일 만들고 떠들어대면 사람이 붕 떠서 껍데기만 남는다. 말을 많이 하다 보면 꼭 실수를 하게 되어 있다. 무턱대고 읽는 책은 읽지 않느니만 못하다.

궁이불궁

내 마음은 지금 어디에 있는가?

|

窮而不窮

팽여양이 《목궤용담》에서 또 이런 말을 했다.

　궁한데 궁상스러운 것은 탐욕 때문이다. 궁하지만 궁상스럽지 않은
것은 의리에 궁하지 않아서다. 궁하지 않은데도 궁상스러운 것은 어리
석음 탓이다. 궁하지 않고 궁상스럽지도 않은 것은 예의에 궁하지 않아
서다. 이 때문에 군자는 가난해도 의리를 알고, 부유해도 예법을 안다.

　窮而窮者, 窮于貪. 窮而不窮者, 不窮于義. 不窮而窮者, 窮于蠢. 不窮而不窮
者, 不窮于禮. 是故君子貧而知義, 富而知禮.

궁함에서 헤어나지 못함은 탐욕을 억제하지 못해서다. 노력하지 않고 일확천금만 꿈꾼다. 의리를 붙들면 물질이 궁해도 정신은 허물어지는 법이 없다. 잘살면서 늘 궁하다 느끼는 것은 내면의 허기 탓이다. 넉넉하면서 구김살이 없는 것은 예禮를 지녔기 때문이다. 사람은 빈부를 떠나 예의의 바탕을 지녀야 한다.

예의를 잃고 보면, 가난한 사람은 천하게 되고, 부유한 사람은 상스럽게 된다. 예의를 간직하니, 가진 것이 없어도 남이 나를 함부로 대하지 못하고, 재물이 많아도 사람이 격이 있어 보인다. 예의는 넘어서는 안 될 선이다. 빈천은 자꾸 위쪽으로 넘으려 하고, 부귀는 아래쪽으로 넘으려 든다. 넘으려다 못 넘으니 원망이 쌓이고, 넘지 말아야 할 것을 넘는 사이에 교만해진다.

한 대목 더.

행실이 깨끗한 사람은 저자에 들어가서도 문을 닫아걸고, 행실이 탁한 사람은 문을 닫아걸고서도 저자로 들어간다.

行潔者入市而闔戶, 濁行者闔戶而入市.

내 몸이 어디에 있는가가 중요하지 않고, 내 마음이 있는 곳이 더 중요하다. 복잡한 도회 안에서도 내면이 고요히 가라앉아 있다면 닫힌 방 안에 앉아 있는 것이나 다름이 없다. 깊은 방 안에 도사려 앉아 있더라도 욕망이 들끓으면 저잣거리 한가운데 서 있는 것이나 같다.

이 말을 받아 이덕무가 썼다.

글을 읽는다면서 시정의 마음을 지닌 것은, 시정에 있으면서 능히 글을 읽음만 못하다.

讀書而有市井之心, 不如市井而能讀書也.

또 "문 나서면 온통 욕일 뿐이요, 책을 열면 부끄러움 아님이 없네[出門都是辱, 開卷無非羞]"라 했다. 투덜대기만 하고 부끄러움을 잊은 세상이다. 안으로 향하는 눈길이 필요하다. 책을 더 읽어야 한다.

춘몽수구

봄꿈에 취하고 물거품을 쫓던 시간

|

春夢水漚

대각국사 의천義天(1055~1101)의 시를 찾아 읽었다. 문종의 왕자로 태어나 평생 불법을 위해 동분서주했던 스님도 만년에는 허망하고 허탈했던 모양이다. 〈해인사로 물러나 지내며 짓다(海印寺退居有作)〉의 4수 중 2수를 읽어본다.

여러 해 굴욕 속에 제경帝京서 지냈건만
교문教門도 공업功業도 이룸 없음 부끄럽다.
이때에 도 행함은 헛수고일 뿐이니
임천에서 성정을 즐거워함만 하랴.

屈辱多年寄帝京　教門功業恥無成
此時行道徒勞爾　爭似林泉樂性情

　무얼 이뤄보겠다고 멀리 중국 땅까지 가서 여러 해 머물면서 굴욕을
견디며 애를 써보았다. 돌아보면 뜻대로 된 것이 하나도 없다. 다친 마음
을 자연에서 쓰다듬어 타고난 본성을 즐기는 것이 옳고도 옳다.
　제4수는 이렇다.

　　부귀영화 모두 다 한바탕 봄꿈이요
　　취산聚散과 존망도 다 물거품인 것을.
　　안양安養에 정신을 깃들이는 것 말고는
　　따져본들 어떤 일이 추구할 만하리오.
　　榮華富貴皆春夢　聚散存亡盡水漚
　　除却栖神安養外　算來何事可追求

　인간의 부귀와 영화는 봄날 잠깐 들었다 깨는 헛꿈이다. 만나면 좋고
헤어져서 슬프다. 어제 있던 사람이 오늘은 죽고 없는 것은 물거품과 다
를 게 없다. '안양'은 극락을 일컫는 말이다. 정신을 서방정토로 향하여
청정한 법신을 닦는 것 외에, 이 세상에서 다시 추구할 만한 일이 무에 더
있겠는가?
　〈홍법원에 쓰다(留題洪法院)〉라는 작품은 더 차분히 가라앉았다.

　　옛 절은 티끌 없이 푸른 산을 베고 누워

흰 구름 사이에서 사립문 열고 닫네.

물병 하나 석장錫杖 하나 내 가진 것 전부라

해가 가고 해가 옴은 상관도 않는다네.

古院無塵枕碧山　雙扉開閉白雲間

一甁一錫爲生計　年去年來也等閑

문득 돌아보니 무얼 이뤄보겠다고 동분서주하던 시간들이 부끄럽다. 해묵은 절집은 푸른 산을 베개 삼아 누웠고, 절문은 흰 구름이 편하게 드나들 수 있도록 열렸다 닫혔다 한다. 물병 하나 지팡이 하나가 내 전 재산이다. 시절이 가고 오는 것은 이제 애탈 것도 없다.

길 위에 잎 구르는 가을이 깊어간다. 본래의 자리는 어디인가? 시를 읽다가 연구실을 나와서 갈대가 서걱대는 청계천변을 길게 산책했다. 봄꿈에 취하고 물거품을 쫓던 시간을 생각했다.

두문정수

문 닫고 고요히 마음을 지킨다

———

杜門靜守

곱게 물든 은행잎에 아파트 단지 길이 온통 노랗다. 느닷없이 밤송이를 떨궈 사람을 놀라게 하던 마로니에나무의 여섯 잎도 노랗게 물들었다. 만추晚秋의 고운 잎을 보면서 곱게 나이 먹어가는 일을 생각했다.

이수광李晬光(1563~1628)이 말했다.

사람이 세상을 살다 보면 역경이 적지 않다. 구차하게 움직이다 보면 그 괴로움을 이기지 못한다. 이 때문에 바깥일이 생기면 안배하고 순응하고, 형세나 이익의 길에서는 놀란 것처럼 몸을 거둔다. 다만 문을 닫아걸고 고요하게 지키면서 대문과 뜨락을 나가지 않는다. 마음과 운명의 근원을 마음으로 살피고, 함양하는 바탕에 오로지 정신을 쏟는다. 엉긴 먼지가 방 안에 가득하고 고요히 아무도 없는 것같이 지내도, 마음은 환히 빛나 작은 일렁임조차 없다. 질병이 날로 깊어가도 정신은 더욱 상쾌하다. 바깥의 근심이 들어오지 못하고, 꿈자리가 사납지 않다.

人之處世, 多少逆境. 苟爲所動, 殆不勝其苦. 故外物之至, 安排順應, 勢利之道, 斂身若驚. 惟杜門靜守, 不涉戶庭, 玩心於性命之源, 專精於涵養之地. 凝塵滿室, 闃若無人. 而方寸炯然, 微瀾不起. 故疾病日痼, 精神益爽, 外慮不入, 夢境不煩.

세상 사는 일에 어려움은 늘 있게 마련이다. 일에 닥쳐 아등바등 발만 구르면 사는 일은 고해苦海 그 자체다. 두문정수杜門靜守, 바깥으로 쏠리는 마음을 거두어 잘 지키는 것이 중요하다. 누가 돈을 많이 버는 수가 있다고 꼬드기면, 못 들을 말을 들은 듯이 몸을 움츠린다. 생각지 않은 일이 생기면 낙담하지 않고 곧 지나가겠지 한다. 나이 들어 몸이 아픈 것이야 당연한데 덩달아 정신마저 피폐해지면 민망하다. 거처는 적막하고 소슬해도 마음속에 환한 빛이 있고, 웬만한 일에는 동요하지 않는 기상이 있다. 근심이 쳐들어와도 나를 흔들지 못하고, 늘 꿈 없이 잠을 잔다.

몸은 기운이 남아도는데 마음에 불빛이 꺼진 인생이 더 문제다. 세상일마다 다 간섭해야 하고, 제 뜻대로 해야 직성이 풀리니 마음에 분노가 식지 않고, 밤마다 꿈자리가 사납다. 가을은 수렴의 계절, 손에 쥔 것 내려놓고 닥쳐올 추운 겨울을 기다린다. 낙목한천落木寒天의 때를 맞이하려고 나무마다 저렇게 환하게 등불을 밝혔구나.

순안첩공

예쁜 노을도 잠깐 만에 사라진다

|

瞬眼輒空

번잡한 일상에서 조촐한 삶을 꿈꾼다. 명나라 사람 도륭屠隆의《청언淸言》몇 칙을 골라 읽는다.

　늙어가며 온갖 인연이 모두 부질없음을 자각하게 되니, 인간의 옳고 그름을 어이 상관하겠는가? 봄이 오매 그래도 한 가지 일에 마음이 끌리니, 다만 꽃이 피고 시드는 것이라네.

　老去自覺萬緣都盡, 那管人是人非? 春來尙有一事關心, 只在花開花謝.

부지런히 인맥을 관리하고 사람 사이의 관계를 소중히 하며 살았어도 문득 돌아보면 덧없다. 제 한 몸 옳게 간수하기도 버겁다. 내가 옳다 해도 옳은 것이 아니요, 내가 그르다 해도 남들은 수긍하지 않는다. 세상일에 옳다 그르다 말하고 싶지 않다. 그래도 봄이 오면 자꾸 화단의 꽃 소식에 마음이 이끌린다. 오늘 막 핀 꽃이 밤사이 비바람에 꺾여 땅에 떨어지지나 않았을까 자꾸 신경이 쓰인다. 세상을 향한 관심을 조금씩 거두면서 주변의 소소한 것들에 자꾸 눈길이 간다.

달고 쓴 맛을 다 보고 나서 그저 손을 놓자, 세상맛은 밀랍을 씹는 것과 한가지고, 살고 죽는 일이 중요해도 급히 고개를 돌리니, 세월은 총알보다 빠르다.

甛苦備嘗好丟手, 世味渾如嚼蠟, 生死事大急回頭, 年光疾于跳丸.

단맛 쓴맛 다 보고 나니 아무 맛도 없다. 한때는 죽고 살 것처럼 매달렸던 일도 지나고 나니 허망하다. 일희일비하던 그 마음이 머쓱하다.

밝은 노을이 어여뻐도 잠깐 사이에 문득 사라진다. 흐르는 물소리가 듣기 좋아도 스쳐 지나고 나면 그뿐이다. 사람이 밝은 노을빛으로 어여쁜 여인을 볼진대 업장業障이 절로 가벼워질 것이다. 사람이 능히 흐르는 물소리로 음악과 노랫소리를 듣는다면 성령性靈에 무슨 해로움이 있겠는가?

明霞可愛, 瞬眼而輒空. 流水堪聽, 過耳而不戀. 人能以明霞視美色, 則業障自輕. 人能以流水聽絃歌, 則性靈何害?

오래 못 갈 것을 영원할 줄 알았다. 지금 좋으니 나중에도 좋을 줄로 여겼다. 저녁노을은 잠깐 만에 어둠으로 변하고, 마음을 차분히 씻어주던 물소리도 자리에서 일어서자 사라져버렸다. 아름다운 사랑도 노을처럼 보고, 듣기 좋은 노래도 물소리같이 들으리라. 마음만 투명히 닦고.

좌명팔조

8자 좌우명 여덟 개로 세우는 다짐

|

座銘八條

새해의 다짐 삼아 송나라 청헌공淸獻公 조변趙抃의 좌우명 중 8자로 된
8조목을 소개한다. 송나라 진록陳錄이 엮은《선유문善誘文》에 나온다.

첫째는 "일에 무심해야 마음에 일이 없다〔無心於事, 無事於心〕"이다. 일을
건성으로 하라는 말이 아니라 욕심 없이 하라는 말이다. 담담하고 무심하
게 일에 임하니 집착이나 번뇌가 사라진다.

둘째는 "여러 가지 나쁜 말을 듣더라도 바람이나 메아리쯤으로 여긴다
〔聞諸惡言, 如風如響〕"이다. 남의 말 한마디에 이랬다저랬다 하면서 할 수 있
는 일은 아무것도 없다. 칭찬을 들을지 욕을 먹을지보다, 그 일이 옳은지
그른지의 판단을 앞세우라.

셋째는 "남이 혹 부족해도 인정으로 품어주어야 한다〔人有不及, 可以情恕〕"이다. 남이 내 기대에 못 미친다고 갑질을 하며 못살게 군다. 그런 행동은 꼭 일이 지난 뒤에 후회를 부른다. 새해에는 품이 조금 더 넉넉해졌으면 좋겠다.

넷째는 "서로 막을 뜻이 아니라면 이치로 따져 풀어야 한다〔非意相干, 可以理遣〕"이다. 남에게 앙심이나 유감을 품어 셈법으로 따져서 나를 소모하지 않고, 이치로 풀어 감정의 찌꺼기를 남기지 않겠다.

다섯째는 "좋은 밭 만 이랑이 있다 해도 하루에 먹는 양은 고작 두 홉이다〔良田萬頃, 日食二升〕"이다. 두 홉이면 배가 부른데 뱃속에 든 욕심은 한이 없구나. 더 절제해야겠다.

여섯째는 "큰 집이 1천 칸이라도 밤에 눕는 것은 여덟 자 공간이면 된다〔大廈千間, 夜臥八尺〕"이다. 고대광실이 무슨 소용인가? 여덟 자의 몸 누일 공간만 있으면 되는데, 하나라도 더 내려놓아 가벼워지고 싶다.

일곱째는 "말은 한 자나 하면서 행함은 한 치만 한다〔說得一尺, 行得一寸〕"이다. 말로만 떠벌려 실행이 없고 보면 결국 기운만 빠지고 보탬이 없다. 입을 더 다물고 실행에 힘쓰리라.

여덟째는 "다만 좋은 일을 행할 뿐 앞길은 묻지 않는다〔但行好事, 莫問前程〕"이다. 좋은 일은 상대가 좋고 내가 좋으니 결국은 모두에게 좋다. 그것으로 받아야 할 보답이 충분하다. 마음의 길을 따를 뿐 다른 허튼 생각은 지우겠다.

대치십상

처지에 따른 열 가지 마음가짐

對治十常

《선유문》의 〈초연거사육법도超然居士六法圖〉 중 '대치십상對治十常', 즉 놓인 처지나 상황에 따라 항상 염두에 두어야 할 열 가지를 소개한다.

첫째, "부귀하게 살 때는 늘 곤궁한 사람을 불쌍히 여긴다(居富貴常憐窮困)". 나도 어려울 때가 있었다. 그때 내 심정은 어땠나? 이 마음을 간직하면 부귀가 나를 해치지 못한다.

둘째, "즐거운 일이 있을 때는 항상 재앙과 화근을 염려한다(受快樂常恐災禍)". 지금 기쁘고 즐거워도 이것이 느닷없이 변해 재앙과 화근을 가져올지 모른다. 즐거움을 아끼자.

셋째, "현재는 늘 이만하면 족하다고 마음먹는다(見在常生知足)". 이만하면 됐다. 그래도 다행이다. 꿈마저 버리지는 말고.

넷째, "미래는 늘 경계하고 두려워할 것을 생각한다(未來常思戒懼)". 헛디딜까 살피고, 잘나갈 때 움츠리며, 언제나 삼가고 조심한다.

다섯째, "원망을 맺었거든 항상 풀어서 면할 것을 구한다(冤結常求解免)". 남에게 심은 원망은 내 손으로 풀어라. 외면하면 자식이 그 독에 쏘인다.

여섯째, "입고 먹는 것은 늘 온 곳을 생각한다(衣食常思來處)". 이 음식이 어디서 왔나? 이 옷감을 누가 짰을까? 숟가락질이 조심스러워지고 옷매무새를 한 번 더 고치게 만든다.

일곱째, "생각을 일으킴은 언제나 순수하고 바르게끔 한다(起念常教純正)". 사람은 생각을 잘 관리해야 한다. 바른 생각, 순수한 마음에서 바른 삶의 자세가 나온다.

여덟째, "말할 때는 항상 원인과 결과를 생각한다(出語常思因果)". 툭 던지는 한마디가 상대에게 어떤 반향을 일으킬지 생각하고 말해라. 나오는 대로 배설하지 말고.

아홉째, "역경은 언제나 순순히 받아들여야 마땅하다(逆境常當順受)". 역경 속의 원망은 금물이다. 돌아보고 살펴 지나갈 때까지 참고 기다린다.

열째, "동정은 언제나 무심하게 한다(動靜常付無心)". 의도를 두면 뜻하지 않은 파란이 인다. 텅 비워 무심해야 인생이 물 흐르듯 흘러간다.

끝에 붙인 한마디. "이 열 가지 항상됨을 지킨다면 다시 번뇌가 없다(守此十常, 更無煩惱)." 열 가지 변치 않음으로 인생을 바꾸자.

자경팔막

스스로 경계 삼아야 할 여덟 가지 금기

|

自警八莫

《선유문》의 〈초연거사육법도〉 중 '자경팔막自警八莫'을 소개한다. 스스로 경계 삼아야 할 여덟 가지 해서는 안 될 일의 목록이다.

첫째, "마음의 생각은 망상을 하지 말라[心念莫妄想]". 념念은 콕 박혀 안 떠나는 생각이고, 상想은 퍼뜩 떠오른 생각이다. 망상은 망령된 생각, 즉 헛생각이나 개꿈이다. 사람은 쓸데없는 상념에 빠져서는 안 된다. 상념은 마음에 찌꺼기와 얼룩을 남긴다. 사려思慮를 깊게 해서 마음을 반짝반짝 빛나게 닦자.

둘째, "세월은 일없이 보내지 말라[光陰莫閑過]". 아까운 세월을 어찌 빈둥거리랴. 긴 인생의 몇십 년을 하는 일 없이 보낸다면 이보다 더 큰 비극

이 없다.

셋째, "명예와 이익은 탐욕스레 구하지 말라〔名利莫貪求〕". 욕심으로 얻은 명예, 탐욕스레 움켜쥔 이익은 나를 찍는 도끼다. 오래가지 못한다.

넷째, "성내고 분노함을 함부로 멋대로 하지 말라〔嗔怒莫恣縱〕". 한때의 분노를 못 참아 100일의 근심을 부른다. 잠깐 시원하고 뒤끝이 오래간다.

다섯째, "남을 보고 시샘하지 말라〔見人莫妬忌〕". 나보다 나은 사람을 질투해서 해코지하거나, 상대를 꺼려 못되게 굴면 내 그릇이 드러날 뿐 아니라, 나 자신의 발전도 없다.

여섯째, "세상의 재물은 지키려 들지 말라〔世財莫常守〕". 재물은 돌고 도니, 처음부터 내 것이 아니었다. 잠시 빌려 쓰는 것이려니 해라. 아등바등 붙들고 놓지 않으려 해도 결국 빈손으로 돌아간다.

일곱째, "힘세고 강한 것을 믿지 말라〔强梁莫恃賴〕". 제 힘과 역량을 믿고 멋대로 날뛰면 나중에 힘이 빠졌을 때 몇 배로 되돌아온다.

여덟째, "일을 하면서 남을 해치지 말라〔臨事莫害人〕". 보태주고 도와주고 거들어줘야지, 상대를 해치거나 짓밟으면 어느 순간 내게 똑같이 돌아온다.

끝에 덧붙였다. "이 여덟 가지 해서는 안 될 일을 지킨다면 일생이 편안하고 즐거우리라〔守此八莫, 一生安樂〕."

비서십원

꼭 그렇게 되었으면 하는 열 가지 소원

|

悲誓十願

이번에 소개하는 글은 《선유문》의 〈초연거사육법도〉 중 '비서십원悲誓十願'이다. 꼭 그렇게 되었으면 하고 다짐한 열 가지 바람이다.

첫째, "모든 사람이 편하고 즐거웠으면 좋겠다〔願一切人安樂〕". 나만 좋고 나만 잘살면 무슨 재미인가? 다 같이 기쁘고 행복하기를 바란다.

둘째, "모든 사람이 고통에서 벗어났으면 한다〔願一切人離苦〕". 자잘한 근심과 큰 괴로움에서 벗어나 웃으며 함께 한세상을 건너갔으면 싶다.

셋째, "행하기 어려운 것을 능히 행할 수 있기를 원한다〔願難行能行〕". 진실을 위해 낸 용기가 짓밟히지 않는 세상을 꿈꾼다.

넷째, "버리기 어려운 것을 능히 버릴 수 있었으면 한다〔願難捨能捨〕". 아깝지만 버려야 할 것들을 잘 가려내는 지혜를 갖출 수 있기를 바란다.

다섯째, "참기 어려운 것을 능히 참아낼 수 있었으면 좋겠다〔願難忍能忍〕". 불의와 타협하거나 굴종하지 않고 내가 옳다고 믿는 가치에 헌신할 수 있기를…….

여섯째, "믿기 어려운 것을 능히 믿을 수 있기를 바란다〔願難信能信〕". 얄팍한 지식으로 지혜와 초월의 세계를 함부로 재단하지 않는 신중함을 갖추고 싶다.

일곱째, "증오와 집착을 없앨 수 있었으면 한다〔願除憎愛〕". 사랑이 넘쳐 증오가 된다. 증오는 집착을 부르고 나를 태운다. 사람 사이에 적당한 거리가 유지되었으면 좋겠다.

여덟째, "속임이 없기를 원한다〔願無欺誑〕". 속지 않으려 속이고, 속고 나서 속인다. 서로 속여 함께 지옥에 빠진다. 그 빗장을 풀자.

아홉째, "언제나 다른 사람의 뜻에 차는 사람이 되면 좋겠다〔願常滿人意〕". 사람들이 나를 생각할 때 미소가 떠오른다면 얼마나 좋을까?

열째, "늘 본분에 따라 살고 싶다〔願常依本分〕". 넘치는 것 바라지 않고, 내가 있어야 할 자리를 지키며 사는 삶이라야 하지 않을까?

한마디 덧붙인다. "이 열 가지 바람을 지킨다면 어진 행실이 반드시 이루어질 것이다〔守此十願, 賢行必成〕." 거창하고 대단한 꿈 말고, 소박하고 따뜻한 소망이 정신을 높이 들어올려 우리를 뜨겁게 한다.

구구소한

81번의 추위를 건너야 봄과 만난다

|

九九消寒

강위姜瑋(1820~1884)가 벗들과 저녁모임을 가졌다. 밖에는 눈보라가 몰아치고 탁자 위 벼루는 꽁꽁 얼었다. 열두 명의 벗들이 차례로 도착해 흰옷 위에 쌓인 눈을 털며 앉았다. 강위는 이날 함께 지은 시를 묶어 '구구소한첩'이라 했다.

이날 강위가 지은 긴 시는 이렇게 시작한다.

뜬 인생 어디에다 몸을 부칠까?
세계란 허공중의 한 떨기 꽃과 같네.
흘러가는 세월을 뉘 능히 잡나?

해와 달 두 탄환이 쟁반 위를 굴러간다.

浮生安所寄　世界一華空中現

流年誰能駐　日月雙丸盤上轉

환화幻花와 같은 세계 속에서 뜬 인생이 살아간다. 그나마 잠깐 만에 쏜살같이 지나가버린다.

'구구소한九九消寒'이란 표현이 낯설어 찾아보니, 명나라 유동劉侗이 지은 《제경경물략帝京景物略》에 나온다. "동짓날에 매화 한 가지에 흰 꽃송이 81개를 그려두고, 날마다 한 송이씩 색칠한다. 색칠이 끝나 81송이가 피어나면 봄이 이미 깊었다. 이것을 〈구구소한도〉라고 한다." 윤곽선만 그린 9×9, 즉 81송이의 매화 그림을 붙여놓고 하루에 한 송이씩 붉은 꽃을 피워낸다. 마침내 화면 가득 홍매紅梅가 난만하게 피어나면 추위는 자취 없이 사라지고(消寒) 봄은 어느새 우리 곁에 와 있다. 강위는 눈보라가 몰아치던 동지 밤, 벗들과 시를 짓고 술잔을 나누며 아직도 먼 봄소식에 귀를 기울였던 것이다.

다음은 추사 김정희가 벗에게 보낸 편지다.

객관에 홀로 떨어져 지내니 그리운 마음이 복받치는 것은 어쩔 수가 없겠지요. 그대로 하여금 남산 잠두봉 아래 제일가는 집에 있으면서 다리 하나 부러진 솥에 등걸불을 피워놓고 구구소한의 모임을 갖게 한다면 또 어떤 경계이리까?

第客館孤逈, 情思根觸, 理或然. 使左右在蠶頭之下第一家, 折脚鐺邊, 榾柮火前, 作九九銷寒, 又是何境?

해묵은 솥은 다리 하나가 부러져 조금 삐걱대야 제맛이다. 거기에 불을 피우고 옹기종기 모여 술잔이라도 나누면 좋을 텐데, 타지에서 홀로 지내려니 쓸쓸하고 외롭겠다는 위로를 이렇게 건넸다.

봄을 맞는 데는 매일 한 송이씩 81일간 채색하는 정성이 든다. 81번의 추위를 건너야 진짜 봄과 만날 수 있다.

수상포덕

나날에 충실한 것이 장수의 비결

|

守常抱德

명나라 진무인陳懋仁의《수자전壽者傳》을 읽었다. 역대 제왕과 국로國老,
그리고 일반 백성 중 장수자의 전기를 모은 책이다.

두공竇公은 위나라 문후文侯 때의 악사로, 나이가 280세였다. 문후가
두공을 불러 물었다. "무엇을 먹었기에 이렇게 오래 살았는가?" 그가 대
답했다. "신은 나이 열세 살에 눈이 멀었습니다. 부모님께서 이를 슬피 여
겨 제게 금琴을 타도록 하셨지요. 날마다 연습하여 익히는 것을 일상으로
삼았습니다. 신은 따로 먹은 것이 없어 달리 말씀드릴 만한 것이 없습니
다." 그의 장수 비결은 장님이 된 뒤 마음을 온전히 쏟아 평생 악기 연주
연습을 게을리 하지 않은 것뿐이었다.

이야기 끝에 붙은 찬贊은 이렇다.

훌륭하다 두공이여!
눈과 마음 적막하다.
오현을 퉁기면서
별다른 것 안 먹었네.
임금께서 무엇으로
장수했나 물었건만,
마음에서 나온 대답
수상포덕 그것일세.
良哉竇公 目與心寂 手揮五絃 無所服食
帝曰何道 而躋此域 對出由衷 守常抱德

수상포덕守常抱德이란 항상됨을 지키고 덕을 품었다는 뜻이다. 그는 나날의 일상에 충실했고, 덕스러운 마음으로 자기 일에 임했다. 특별히 보양식을 먹은 적이 없고, 불로의 비방을 실천한 것도 아니었다.
헌원집軒轅集이라는 노인은 나부산羅浮山에 숨어 살았다. 수백 살이 넘었어도 낯빛이 붉었다. 침상 위에서 머리카락을 드리우면 땅에 닿았다. 어두운 방에 앉아 있을 때는 눈빛이 몇 척 거리까지 형형했다. 당나라 선종宣宗이 그를 불러 장생의 비법을 물었다.
그가 대답했다.

성색聲色을 끊고 맛이 진한 음식을 멀리하십시오. 상황에 관계없이 한결같이 하시고, 덕을 베풀 때 치우침이 없게 하십시오.

轍聲色, 去滋味, 衰樂一如, 德施無偏.

찬에서는 이를 '흔척여일欣戚如一'이라는 네 글자로 압축했다. 성색을 멀리하고 기름진 음식을 먹지 않으며, 기쁠 때나 슬플 때나 일렁임 없이 평정심을 유지한 것이 그의 불로 비법이었다.

근사한 대답을 기대했던 두 임금은 실망했겠지만, 두 사람의 오랜 수명의 비결은 욕망의 절제와 한결같은 꾸준함에 있었을 뿐 불로초의 신비한 약효 때문이 아니었다.

심동신피

제 한 몸을 잘 간수하려면

—

心動神疲

당나라 때 중준仲俊은 나이가 86세인데도 너무나 건강했다. 비결을 묻자 그가 말했다. "어려《천자문》을 읽다가 '심동신피心動神疲'라는 네 글자에서 깨달은 바가 있었지. 이후 평생 무슨 일을 하든지 마음을 차분히 가졌을 뿐이라네." 그는《천자문》의 "성품이 고요하니 정서가 편안하고, 마음이 움직이자 정신이 피곤하다(性靜情逸, 心動神疲)"는 구절에서 일생 공부의 화두를 들었던 셈이다.

우강盱江의 구도인丘道人은 90여 세로 온통 흰머리뿐이었지만 얼굴엔 늘 화색이 돌았다. 겨울 여름 할 것 없이 한 벌 홑옷으로 났고, 비와 눈을 막지 않았다. 그는 바구니 하나를 늘 지니고 다녔는데, 뒤편에 작은 패쪽

하나를 매달아놓았다. 거기에는 네 구절의 시가 적혀 있었다.

늙어 더딤 성품이 게을러서고
병 없는 건 마음이 넉넉해서지.
살구꽃은 지나는 비 감당 못해도
푸른 솔은 겨울 추위 능히 견디네.
老遲因性慢　無病爲心寬
紅杏難經雨　青松耐歲寒

　나이가 들어 행동이 굼뜬 것은 노쇠해서가 아니라 젊었을 때보다 성품
이 느긋해져서다. 병 없이 건강한 비결은 마음가짐을 늘 너그럽게 하려고
애쓴 덕분이다. 붉게 핀 살구꽃은 지나가는 비를 맞고도 땅에 떨어진다.
푸른 솔은 혹한 속에서도 그 푸른 기상을 잃지 않는다. 살구꽃이 한때의
화려함으로 눈길을 끌지만, 나는 추운 겨울에도 시들지 않는 소나무의 푸
름을 간직하겠다. 이것이 그가 바구니에 매단 글귀에 담은 생각이다.
　송나라 소강절邵康節도 이런 시를 남겼다.

늙은이의 몸뚱이는 따뜻해야 하느니
안락와 가운데에 별도의 봄이 있네.
선옹이 쓸모없다 다들 얘기하지만
그래도 제 한 몸은 건강하게 지킨다오.
老年軀體素溫存　安樂窩中別有春
盡道仙翁拙于用　也能康濟自家身

안락와安樂窩는 그의 거처 이름이다. 몸을 따뜻하게 간수하며 집 안에서 편안하게 지내니 1년 내내 봄날이다. 사람들은 나를 두고 이제 별 쓸모가 없다고들 얘기하지만, 내 몸 하나만은 건강하게 잘 지키며 산다. 그거면 됐다. 더 욕심부리지 않겠다.

세 글 모두 명나라 왕상진王象晉의 《일성격언록日省格言錄》에 나온다.

고요함을 익히고 졸렬함을 기르다

習靜養拙

우왕좌왕 분주했고 일은 많았다. 부지런히 달려왔지만 손에 쥔 것은 별로 없다. 세밑의 언덕에 서니, 이게 뭔가 싶어 허망하다. 신흠申欽 (1566~1628)의 시 〈우감偶感〉의 첫 수는 이렇다.

고요 익혀 따지는 일 잊어버리고
인연 따라 성령性靈을 길러보누나.
손님의 농담에 답할 맘 없어
대낮에도 산집 빗장 닫아둔다네.
習靜忘機事 隨緣養性靈

無心答賓戲 白晝掩山扃

고요함에 익숙해지자 헤아려 살피는 일도 심드렁하다. 마음 밭은 인연 따라 흘러가도록 놓아둔다. 작위하지 않는다. 실없는 농담과 공연한 말이 싫다. 산자락 집 사립문은 대낮에도 굳게 잠겼다. 나는 나와의 대면이 더 기쁘다. 나는 더 고요해지고 편안해지겠다.

이수광도 〈무제無題〉에서 이렇게 노래했다.

　　온종일 말도 없이 좌망坐忘에 들었자니
　　이렇게 지내는 일 홀로 즐김 넉넉하다.
　　몸을 움직이면서도 고요함을 익히니
　　담백하게 어디서건 참나가 드러나네.
　　坐忘終日一言無 這裏工程足自娛
　　身在動時猶習靜 澹然隨地見眞吾

좌망은 나를 잊은 경계다. 말을 잊고 욕심을 거두자, 부지런히 움직여도 마음이 고요하다. 담담하게 때 없이 참나와 만난다. 이게 나고 이래야 나다.

이정귀李廷龜(1564~1635)가 쓴 〈해海 스님의 시축에 적힌 시에 차운하다〔次題海師軸上韻〕〕를 읽어본다.

　　고요 익혀 지내자니 온갖 생각 재가 되고
　　찾아오는 사람 보면 문득 놀라 꺼려지네.

산 스님 지팡이 짚고 어디서 오는 게요
사립문 밖 길 위 이끼 망가지게 생겼네.

習靜郊居萬念灰 若逢人到便驚猜
山僧杖錫從何處 破我柴門一逕苔

찾는 사람 아예 없어 문 앞 길에 이끼가 곱게 앉았다. 스님 오신 것이야
환영하오만, 지팡이 눌러 짚어 이끼 망가질까 겁이 납니다. 살살 오시지요.
정약용이 이승훈李承薰(1756~1801)에게 보낸 답장에서 말했다.

요즘 고요함을 익히고 졸렬함을 기르니〔習靜養拙〕, 세간의 천만 가지
즐겁고 득의한 일들이 모두 내 몸에 '안심하기安心下氣' 네 글자가 있음
만 못한 줄을 알겠습니다. 마음이 진실로 편안하고, 기운이 차분히 내
려가자, 눈앞에 부딪히는 일들이 내 분수에 속한 일이 아님이 없더군
요. 분하고 시기하며 강퍅하고 흉포하던 감정도 점점 사그라듭니다. 눈
은 이 때문에 밝아지고, 눈썹이 펴지며, 입술에 미소가 머금어집니다.
피가 잘 돌고 사지도 편안하지요. 이른바 여의치 않은 일이 있더라도
모두 기뻐서 즐거워할 만합니다.

近日習靜養拙, 覺世間百千萬快樂如意事, 總不如自己上有安心下氣四字.
心苟安矣, 氣苟下矣, 方知眼前櫻觸, 無非吳分內事. 忿嫉愎戾之情, 漸漸消減.
目爲之瞭, 眉爲之展, 脣爲之囅, 血脈爲之和暢, 四肢爲之舒泰. 而凡有所謂不
如意事, 皆怡然可樂.

네 사람이 모두 습정習靜을 말했다. 마음을 더 차분히 내려놓아야겠다.

제 2 부

공부의 자세

일슬지공

공부는 무릎과 엉덩이로 한다

|

一膝之工

김간金榦(1646~1732)의 독실한 학행學行은 달리 견줄 만한 이가 없었다. 하루는 한 제자가 물었다. "선생님, 독서에도 일슬지공一膝之工이 있을는지요?" '일슬지공'이란 두 무릎을 한결같이 바닥에 딱 붙이고 하는 공부를 말한다.

스승의 대답은 이랬다. "내가 예전 절에서 책을 읽을 때였지. 3월부터 9월까지 일곱 달 동안 허리띠를 풀지 않고, 갓도 벗지 않았네. 이부자리를 펴고 누워 잔 적도 없었지. 책을 읽다가 밤이 깊어 졸음이 오면, 두 주먹을 포개 이마를 그 위에 받쳤다네. 잠이 깊이 들려 하면 이마가 기울어져 떨어졌겠지. 그러면 잠을 깨어 일어나 다시 책을 읽었네. 날마다 늘 이렇게 했었지. 처음 산에 들어갈 때 막 파종하는 것을 보았는데, 산에서 나올 때 보니 이미 추수가 끝났더군."

세상에나! 그는 목욕 한 번 안 하고 늦봄부터 삼복더위를 지나 초겨울을 코앞에 두고서야 산에서 내려왔다. 고승대덕의 '앉아 절대 눕지 않는다'는 장좌불와長坐不臥는 들어봤지만, 산사에 공부하러 간 선비가 7개월간 허리띠도 풀지 않고 눕지도 않은 채 공부만 했다는 얘기는 처음 들었다. 신돈복辛敦復(1692~1779)의《학산한언鶴山閑言》에 실려 있다.

김흥락金興洛(1827~1899)이 사위인 장지구張志求에게 준 편지에도 "산속 집에서 일슬지공을 겨우내 온전히 해냈으니 얻은 바가 반드시 얕지 않겠네〔山齋一膝之工, 穩做三餘, 所得必不淺矣〕"라고 한 말이 나온다. 이런 독공篤工이 있고서야 공부에서 비로소 제 맛이 터져나온다. 다산은 책상다리로 두 무릎을 딱 붙이고 공부하느라 튀어나온 복사뼈가 세 번이나 구멍이 났다 해서 과골삼천踝骨三穿의 이야기가 전설로 전해진다.

중종 때 양연梁淵(1485~1542)은 공부에 뜻이 없어 놀다가 나이 마흔에 비로소 정신을 차리고 공부를 시작했다. 그는 왼손을 꽉 쥐고서 문장을 이루기 전에는 결단코 이 손을 펴지 않겠노라 다짐했다. 몇 해 뒤 마침내 과거에 급제하여 꽉 쥔 왼손을 펴려 하자 그사이 자란 손톱이 손바닥을 파고들어 펼 수 없는 지경이 되었다. 이것은 또 조갑천장爪甲穿掌의 고사로 회자된다.

공부는 머리로 하는 것이 아니다. 엉덩이와 무릎으로 한다.

불수고방

법도를 뛰어넘어 법도를 지키다

|

不守古方

송나라 때 진법의 도형을 인쇄해서 변방의 장수에게 내려주었다. 왕덕용王德用이 간했다. "병법의 기미는 일정치가 않은데 진도陣圖는 일정합니다. 만약 옛 법식에 얽매여 지금의 군대를 쓴다면 일을 그르치는 자가 있게 될까 걱정입니다." 또 전을錢乙은 훌륭한 의사였는데, 옛 처방을 지키지 않았고〔不守古方〕 때때로 이를 뛰어넘어 무시하기까지 했다. 하지만 끝내는 법에 어긋나지 않았다.

청나라 때 원매袁枚는《수원시화隨園詩話》에서 두 예화를 통해 시문 짓는 법을 깨달을 수 있다고 썼다. 고식적으로 정해진 법식에만 집착하면 그것은 활법活法이 아닌 사법死法이 되고 만다.

유득공柳得恭(1748~1807)이 〈추실음서秋室吟序〉에서 한 말은 이렇다.

옛날의 의사는 질병에 한 가지 약초나 약재藥材를 투약하면 병이 잘 나았다. 본초本草가 날로 늘어나고 의학이 점점 발전하자, 어쩔 수 없이 맵고 단것을 섞고 순하고 독한 것을 합하여, 군君과 신臣이 있고, 돕는 것과 부리는 것이 있게 되었다. 그런 뒤에야 훌륭한 약제藥劑로 여긴다. 한 가지 약초나 약재로 지금 사람의 병에 투약하여 스스로 옛 처방임을 뽐낸다면 바보가 아니면 망령된 사람이다.

古之醫者, 以一艸一石投病, 病良已. 本艸日增, 而醫學浸備, 則又不得不參辛甘合平毒, 有君有臣, 有佐有使. 然後方成其爲美劑. 此欲以一艸一石, 投今人之病, 而自詡古方, 非愚則妄.

약에 대한 내성이 달라지고 식생활 환경이 바뀌면 예전의 신통한 처방도 아무 효과가 없게 된다. 통변通變의 정신이 필요한 까닭이다.

정약용은 〈복암이기양묘지명茯菴李基讓墓誌銘〉에서 또 이렇게 말했다.

옛사람은 의학을 배울 때 본초를 위주로 해서, 이따금 직접 맛을 보아 그 성질과 맛, 기분 등을 시험해서 하나하나 분명하게 안 뒤에 조제하여 약을 지었다. 그래서 약을 잘못 쓰는 일이 없었다. 지금 사람은 만들어진 처방만 배우기 때문에 의술이 날로 못쓰게 되어간다.

古人學醫主本草, 種種嘗試, 其性味氣分, 各自了了然後, 乃劑爲藥. 故藥無誤用. 今人學之以成方, 則醫術日拙.

약재의 개별 성질을 파악한 뒤 원리를 적용하면 그 안의 변화가 무궁하다. 약재의 성질은 모른 채 처방만 외우려 들면 발전이 없을 뿐 아니라 사람을 잡는 수가 있다. 같은 질병도 환자의 상황이 다 다르니 고식적으로 외워 적용할 수가 없다. 변화에 적절하게 응하려면 역시 기본기를 잘 닦는 것이 먼저다.

구사비진

달라도 안 되고 똑같아도 안 된다
|
求似非眞

청나라 원매가 《속시품續詩品》 〈저아著我〉에서 이렇게 말했다.

옛사람을 안 배우면
볼 만한 게 하나 없고,
옛사람과 똑같으면
어디에도 내가 없다.
옛날에도 있던 글자
하는 말은 다 새롭네.
옛것 토해 새것 마심

그리해야 않겠는가?
맹자는 공자 배우고
공자는 주공 배웠어도,
세 사람의 문장은
서로 같지 않았다네.

不學古人　法無一可　竟似古人　何處著我
字字古有　言言古無　吐古吸新　其庶幾乎
孟學孔子　孔學周公　三人文章　頗不相同

　정신이 번쩍 든다. 제 말 하자고 글을 쓰면서 옛사람 흉내만 내면 끝내
앵무새 소리, 원숭이 재간이 되고 만다. 덮어놓고 제 소리만 해대면 글이
해괴해진다. 글자는 옛날에도 있었지만, 그 글자를 가지고 글을 써서 옛
날에 없던 글이 나와야 좋은 글이다. 묵은 것은 토해내고 새 기운을 들이
마셔야 제 말 제 소리가 나온다. 주공에서 공자가 나왔고, 공자를 배워 맹
자가 섰다. 배운 자취가 분명하나 드러난 결과는 판이하다. 잘 배운다는
것은 이런 것을 두고 하는 말이다.
　연암燕巖 박지원朴趾源(1737~1805)이 이 말을 받아 썼다.

　왜 비슷해지려고 하는가? 비슷함을 구함은 진짜가 아니다. 세상에서
는 서로 같은 것을 '꼭 닮았다'고 하고, 분간이 어려운 것을 '진짜 같다'
고 한다. 진짜 같다거나 꼭 닮았다는 말에는 가짜이고 다르다는 뜻이
담겨 있다.

夫何求乎似也? 求似者非眞也. 天下之所謂相同者, 必稱酷肖. 難辨者亦曰逼眞. 夫語眞語肖之際, 假與異在其中矣.

비슷한 가짜 말고 나만의 진짜를 해야 한다는 말씀이다. 〈녹천관집서綠
天館集序〉에 나온다.

법은 옛것 속에 다 들어 있다. 있는 법에서 없는 나, 새로운 나, 나만의
나를 끌어내야 진짜다. 같아지려면 같게 해서는 안 된다. 똑같이 해서는
똑같이 될 수가 없다. 다르게 해야 같아진다. 똑같이 하면 다르게 된다.
같은 것은 가짜고, 달라야만 진짜다. 그런데 그 다름이 달라지려 해서 달
라진 것이 아니라, 같아지기 위해 달라진 것이라야 한다. 옛 정신을 내 안
에 녹여 완전히 내 것으로 만들면, 무엇을 해도 새롭게 된다. 그렇지 않으
면 허무맹랑하고 황당무계한 것을 새롭다고 착각하는 수가 있다. 이 분간
을 세우자고 우리는 오늘도 공부를 한다.

수도동귀

길은 달라도 도착점은 같다

—

殊塗同歸

배울 것을 배우고 배워서 안 될 것을 안 배워야 잘 배운 것이다. 송나라 진후산陳后山이 《담총談叢》에서 말했다.

> 법은 사람에 달린 것이라 반드시 배워야 하고,
> 교묘함은 자신에게 달린 것이니 반드시 깨달아야 한다.
> 法在人故必學, 巧在己故必悟.

나가노 호잔長野豊山(1783~1837)이 《송음쾌담松陰快談》에서 이렇게 부연한다.

법法과 교巧, 이 두 가지 공부는 어느 하나도 빠져서는 안 된다. 대개 법은 사우師友가 곁에서 탁마琢磨하지 않으면 법도를 얻어 알 수가 없다. 이 때문에 반드시 배워야 한다. 하지만 운용의 묘는 나의 한 마음에 달린 것이므로 스스로 얻어야지 남을 믿어서는 안 된다. 이 때문에 반드시 깨달아야 한다.

兩箇工夫, 不可闕一也. 蓋無師友琢磨, 則規矩準繩, 不可得而知也. 故必學焉. 夫運用之妙, 存於一心, 在我自得, 不可恃他人也. 故必悟焉.

배울 것은 배우고 깨달을 것은 깨달아야 경지에 도달할 수 있다. 따라 하기만 해서는 깨달음은 요원하다. 송나라 사람 장무구張無垢가 말했다.

칼자루를 쥐고서 앞길을 열어 인도할 때 머리를 고치고 얼굴을 바꿔서 그때그때 상황에 맞춰 설법하여 사람들로 하여금 길은 달라도 돌아갈 곳은 같게끔 해야 한다.

欛柄入手, 開導之際, 改頭換面, 隨宜說法, 使殊道同歸.

내가 깨달음을 얻어, 이것으로 남을 이끌려 할 때는 개두환면改頭換面이 필요하다. 해온 대로 해서는 안 되고 방식을 상황에 맞게 고쳐 면모를 일신해야 한다. 근량斤兩을 헤아리고 성정을 살펴 그에게 꼭 맞는 방법을 택한다. 가르치는 대상마다 방법이 다르고 가는 길이 같지 않지만 끝내 도달할 지점은 한곳이 되게 하는 것이 훌륭한 스승이다.

제자를 자기와 비슷한 '짝퉁'으로 만드는 스승은 가짜다. 따라 하는 공부는 법法에서 그친다. 교巧나 묘妙는 혼자 도달할 수밖에 없으니, 반드시 스스로 깨달아야 한다. 원숭이와 앵무새 흉내로는 결코 자기 목소리를 못 낸다. 저마다의 개성에 따라 다양한 빛깔을 만들어 제 목소리, 제 태깔을 갖게 만드는 스승이 진짜다. 시키는 대로 하고 체본만 따라 하느라 저 혼자 아무것도 할 수 없다면 헛공부를 한 셈이다. 스승의 역량이 뛰어나도 그 밑에 따라쟁이 흉내쟁이 제자만 줄서 있다면 그는 가짜다.

억양개합

글에는 파란과 곡절이 담겨야

|

抑揚開闔

옛 수사법에 억양개합抑揚開闔이 있다. 억양은 한 번 누르고 한 번 추어주는 것이고, 개합은 한 차례 열었다가 다시 닫는 것이다. 말문을 열어 궁금증을 돋운 뒤 갑자기 닫아 여운을 남긴다. 평탄하게 흐르던 글이 억양개합을 만나 파란이 일고 곡절이 생긴다.

김삿갓이 떠돌다 회갑잔치를 만났다. 목도 컬컬하고 시장하던 터라 슬며시 엉덩이를 걸쳤다. 주인은 그 행색을 보고 축하시를 지어야 앉을 수 있다고 심통이다. 과객이 지필묵을 청한다. 제까짓 게, 하는데 쓴 글이 이렇다.

저기 앉은 노인네 사람 같지 않으니
彼坐老人不似人

자식들의 눈초리가 쑥 올라갔다.

아마도 하늘 위 진짜 신선 내려온 듯
疑是天上降眞仙

금세 좋아 표정이 풀어진다. 일억일양一抑一揚, 한 번 깎고 한 번 올렸다. 다시 제3구.

이 가운데 일곱 자식 모두 다 도둑이라
其中七子皆爲盜

다시 눈썹이 바짝 올라갔다. 화낼 틈도 없이,

복숭아를 훔쳐다가 수연에 바치누나
偸得碧桃獻壽宴

하고 쐐기를 콱 박는다. 한 알만 먹으면 3천 년을 산다는 천도복숭아를 천상에서 훔쳐와 아버지께 바치니, 천상 신선이 부럽지 않다. 일개일합一開一闔, 한 번 문을 열었다가 도로 꽝 하고 닫았다.
안대회 교수가 펴낸 정만조鄭萬朝(1858~1936)의 《용등시화榕燈詩話》를 보니, 여기에도 비슷한 이야기가 실렸다. 상황은 앞서와 같다. 주인이 운자를 불러 시를 청한다. 거지 손님이 저도 짓겠노라 나서자 다들 같잖다는 표정이다. 붓을 들어 적는다.

높이 올라 바닷가 바라보자니
10리에 백사장이 이어졌구나.
登高望海邊　十里平沙連

주인이 욕을 하며, "대체 무슨 소리요? 축하시를 써달랬더니". 객은 씩 웃는다. "마저 보시구려" 하더니,

하나하나 사람 시켜 줍게 해서는
그대 부모 나이를 헤아려보세.
箇箇令人拾　算君父母年

순간 풍경 놀음이 10리 해변의 모래알 수만큼 오래 사시란 덕담으로 변했다. 주인은 사람 못 알아본 사죄를 하고, 거지 손님을 끌어 윗자리로 앉혔다.

억양개합, 한 번 누른 뒤 다시 올리고, 여는 척 어느새 슬며시 닫는다. 밋밋하면 파란이 생길 리 없다. 꺾고 뒤틀어야 곡절이 나온다. 시내가 평지를 흐르다 여울이 되고 폭포와 만나는 격이다. 글쓰기의 한 묘수가 여기에 달렸다.

말을 아껴야 안에 고이는 것이 있다

|

得句不吐

옛 전시 도록을 뒤적이는데, 추사의 대련 글씨 하나가 눈에 들어온다.
옆에 쓴 글씨의 사연이 재미있다.

　유산酉山 대형이 시에 너무 빠진지라, 이것으로 경계한다.
　　酉山大兄淫於詩, 以此箴之.

유산은 다산의 맏아들 정학연丁學淵이다. 아버지가 강진으로 유배간 뒤,
그는 벼슬의 희망을 꺾었다. 다산은 폐족廢族이 된 것에 절망하는 아들에
게 학문에 더욱 힘쓸 것을 주문했지만, 그는 학문보다 시문에 더 마음을

쏟았다.

추사는 그와 막역한 벗이었다. 추사가 정학연에게 써준 시구는 이렇다.

구절을 얻더라도 내뱉지 말고
시 지어도 함부로 전하지 말게.

得句忍不吐　將詩莫浪傳

마음에 꼭 맞는 득의의 구절을 얻었더라도 꾹 참고 뱃속에만 간직하고, 흡족한 시를 지었다 해도 세상에 함부로 전하지 말라는 얘기다. 정색의 말이라면 들은 상대가 대단히 불쾌했을 테지만, 글씨도 내용도 장난기가 다분하다. 샘솟듯 마르지 않는 정학연의 시재詩才를 따라갈 수 없어 샘이 나서 이렇게 썼지 싶다. 농담처럼 건네는 말속에 은근히 뼈도 있다.

누구의 시인가 궁금해 찾아보니, 소동파와 두보의 시에서 한 구절씩 잘라내 잇댄 것이었다. 소동파는 이렇게 썼다.

시구 얻고 차마 토하지 않음은
옛것 좋아 내 뜻이 빠져서라네.

得句忍不吐　好古意所耽

두보의 구절은 또 이렇다.

술을 보면 서로 생각나겠지마는
시 지어도 함부로 전하지 말게.

見酒須相憶 將詩莫浪傳

두 시에서 한 구절씩을 따와 나란히 잇대어 붙이니, 전혀 다른 느낌의 한 짝이 되었다. 처음엔 글씨를 보고 획이 눈에 설어 위품僞品일 수도 있겠다 싶었는데, 구절을 찾고 보니 추사 외에 누가 이렇게 맵시 나게 따올 수 있을까 싶어 의심이 걷혔다. 더욱이 소동파의 시는 추사가 늘 곁에 두고 보던 《영련총화楹聯叢話》에 실려 있다.

여보게 유산! 시를 좀 아끼게나. 입이 근질근질해도 꾹 눌러 참을 때의 그 미묘한 맛을 알아야지. 짓는 시마다 세상에 내놓으면 안에 고이는 것이 아무것도 없질 않겠나? 그 시 속에 담긴 자네의 속내까지 다 드러나니, 이건 안 되네.

옛사람의 장난기에 웃다가, 언중유골의 그 서슬에 또 깜짝 놀란다.

글쓸 때 해서는 안 될 열 가지

|

文有十忌

명나라 원황袁黃이 글쓰기에서 꺼리는 열 가지를 꼽아 '문유십기文有十
忌'를 썼다.《독서보讀書譜》에 나온다.

첫 번째는 두건기頭巾氣다. 속유俗儒나 늙은 서생이 진부한 이야기를 배
설하듯 내뱉은 글이다.

두 번째는 학당기學堂氣다. 엉터리 선생의 글을 학생이 흉내 낸 격의 글
이다. 뜻이 용렬하고 견문은 조잡하다.

세 번째는 훈고기訓誥氣다. 남의 글을 끌어다가 제 말인 양 쓰거나, 버릇
처럼 따지고 들어 가르치려고만 들면 못쓴다.

네 번째는 파자기婆子氣다. 글은 핵심을 곧장 찔러 툭 터져 시원스러워

야지, 했던 말 자꾸 하고 안 해도 될 얘기를 섞으면 노파심 많은 할머니 글이 되고 만다.

다섯 번째는 규각기閨閣氣다. 규방의 아녀자처럼 눈썹을 그리고 입술을 바르며 분칠을 해서, 교태를 부려 분 냄새만 물씬한 글을 말한다.

여섯 번째는 걸아기乞兒氣다. 거지 동냥하듯 궁상을 떨며, 부잣집을 찾아가 먹다 남은 국이라도 달라는 격의 글이다.

일곱 번째는 무부기武夫氣다. 바탕 공부가 아예 없어 돈후한 기상을 찾기가 어렵고 울뚝밸만 있다. 무기를 들고 치고받거나, 공연히 성을 내며 무례하게 군다. 글 가운데 가장 천한 글이다.

여덟 번째는 시정기市井氣다. 글은 우아해야지 속되면 못쓴다. 해맑아야지 지저분하면 안 된다. 거짓을 꾸며 진짜로 파는 것은 시정잡배들이나 하는 짓이다. 잔단 이익에 눈이 멀어 말에 맛이 없고, 그 면목조차 가증스럽다.

아홉 번째는 예서기隸胥氣다. 아전처럼 윗사람을 속이고 아랫사람에게 군림하며, 이리저리 눈치보고 움츠러들어, 빈말뿐이고 알맹이가 없다.

열 번째는 야호기野狐氣다. 글에는 바르고 참된 맥락이 있어야 한다. 자칫 삿된 길로 빠져들면 가짜가 진짜 행세를 해서 혹세무민하게 된다. 사람을 홀리는 들여우 같은 글이 되고 만다.

저도 모를 말 하지 말고, 흉내 내지 말며, 가르치려 들지 말라. 쓸데없는 말, 꾸미는 말을 버리고, 글로 궁상을 떨어도 안 된다. 멋대로 떠들고 속되거나 굽실대는 글, 남 속이는 글도 안 된다. 사람이 발라야 글이 바르다. 꾸미고 속이는 순간 글은 무너진다.

문장이 갖춰야 할 열 가지

|

文有十宜

이번에는 명나라 때 설응기薛應旂가 말한 '문장이 반드시 갖춰야 할 열 가지(文有十宜)'를 소개한다. 역시 《독서보》에 나온다.

첫 번째는 진眞이다. 글은 참된 진실을 담아야지 거짓을 희롱해서는 안 된다. 다만 해서는 안 될 말까지 다 드러내서는 안 되니, 경계의 분간이 중요하다.

두 번째는 실實이다. 사실을 적어야지 헛소리를 늘어놓아서는 안 된다. 이때 다 까발리는 것과 사실을 말하는 것을 구별해야 한다.

세 번째는 아雅다. 글은 우아해야지 속기俗氣를 띠면 안 된다. 겉만 꾸미고 속이 속되고 추하면 가증스럽다.

네 번째는 청淸이다. 글은 맑아야지 혼탁해서는 못쓴다. 그래도 무미건 조해서는 곤란하다.

다섯 번째는 창暢이다. 글은 시원스러워야지 움츠러들어서는 안 된다. 이때도 시원스레 활달한 것과 제멋대로 구는 것의 구별이 필요하다.

여섯 번째는 현顯이다. 의미가 분명하게 드러나야지 감춰지면 안 된다. 하지만 뜻이 천근淺近해서 여운이 없는 글은 못쓴다.

일곱 번째는 적확的確이다. 꼭 맞게 핵심을 찔러야지 변죽만 울리면 못 쓴다. 그러자면 글이 한층 상쾌해야 한다.

여덟 번째는 경발警拔이다. 글은 시원스러워야지 낮고 더러워서는 안 된다. 그래도 그 안에 화평스러운 기운이 깃들어야 한다. 이게 참 어렵다.

아홉 번째는 남이 하지 않은 말을 하는 것[作不經人道語]이다. 제 말을 해 야지 남의 말을 주워모아서는 안 된다. 다만 문장의 구법句法과 자법字法 은 모두 바탕이 있어야 한다. 억지로 지어내면 못쓴다.

마지막 열 번째를 필자가 추가하자면 간簡을 꼽겠다. 글은 간결해야지 너절해서는 안 된다. 할 말만 해서 자기 뜻을 전달할 수 있어야 한다.

이어서 그는 통탄한다. 요즘 사람은 공부도 없고 문장의 법도도 모르면 서 남의 말을 끌어와 그럴듯한 흉내로 남의 이목을 속이기만 좋아한다. 한번 보면 속이 훤히 들여다보여서 가증스럽기까지 하다. 제목과 관계도 없는 내용을 늘어놓아 대중을 현혹하고 법도도 지키지 않는다. 이런 글은 모두 문마필요文魔筆妖, 즉 문장의 마귀요 글의 요괴에 해당한다. 이를 범 하는 자는 당장 몰아내어 경계로 삼아야 한다.

독서삼도

입으로 눈으로 마음으로 읽는다

―

讀書三到

송나라 주희朱熹가 《훈학재규訓學齋規》에서 말했다.

독서에는 삼도三到가 있다. 심도心到와 안도眼到, 구도口到를 말한다. 마음이 여기에 있지 않으면 눈은 자세히 보지 못한다. 마음과 눈이 한 곳에 집중하지 않으면 그저 되는대로 외워 읽는 것이라 결단코 기억할 수가 없고, 기억한다 해도 오래가지 못한다. 삼도 중에서도 심도가 가장 급하다. 마음이 이미 이르렀다면 눈과 입이 어찌 이르지 않겠는가?

讀書有三到, 謂心到眼到口到. 心不在此, 則眼不看仔細, 心眼既不專一, 却只漫浪誦讀, 決不能記, 記亦不能久也. 三到之中, 心到最急. 心既到矣, 眼口豈不到乎?

이른바 '독서삼도讀書三到'의 이야기다. 비중으로 따져 심도를 앞세우고 안도와 구도의 차례를 보였다. 안도는 눈으로 읽는 목독目讀이다. 구도는 소리를 내서 가락을 타며 읽는 성독聲讀이다. 심도는 마음으로 꼭꼭 새겨서 읽는 정독精讀이다. 눈으로만 읽으면 책을 덮고 남는 것이 없다. 입으로 읽는 것이 좋지만, 건성으로 읽으면 소리를 타고 생각이 다 달아난다. 손으로 베껴쓰며 읽는 수도手到를 하나쯤 더 꼽고 싶은데, 목도든 구도든 수도든 모두 심도에 가닿지 못하면 헛읽은 것이다.

주희의 독서법을 한 단락 더 소개한다.

단정하게 바로 앉아 마치 성현을 마주한 듯한다면 마음이 안정되어 의리가 쉽게 들어온다. 많이 읽기를 욕심내거나 폭을 넓히기에만 힘을 쏟아 대충대충 보아 넘기고는 이미 알았다고 말해서는 안 된다. 조금이라도 의심나는 곳이 있으면 다시 사색하고, 사색해도 통하지 않으면 바로 작은 공책에다 날마다 베껴 기록해두고, 틈나면 살펴보고 물어봐야지, 까닭 없이 들락거려서는 안 된다. 뜻 없는 대화는 줄여야 하니, 시간을 낭비할까 걱정된다. 잡서는 보지 말아야 하니, 정력이 분산될까 싶어서다.

端莊正坐, 如對聖賢. 則心定而義理易究. 不可貪多務廣, 涉獵鹵莽, 纔看過了, 便謂已通. 小有疑處, 卽更思索, 思索不通, 卽置小冊子, 逐日抄記, 以時省閱資問, 無故不須出入. 少說閑話, 恐廢光陰, 勿觀雜書, 恐分精力.

목표를 세워 읽는 다독多讀과, 닥치는 대로 두서없이 읽는 남독濫讀은
자기만족이야 있겠지만 소화불량이 되기 쉽다.

약이불로

부족해도 안 되고 넘쳐도 못쓴다

略而不露

이덕무가 집안 조카 이광석李光錫의 글을 받았다. 제 글솜씨를 뽐내려고 한껏 기교를 부려, 예닐곱 번을 되풀이해 읽어도 대체 무슨 말인지 알수가 없었다.

이덕무가 이광석에게 답장을 썼다. 간추리면 이렇다.

옛날 수양제隋煬帝가 큰 누각을 지어 상상할 수 없을 정도로 화려하게 꾸며놓고, 그 건물의 이름을 미루迷樓라고 했다더군. 자네 글이 꼭 그짝일세. 참 멋있기는 하네만 뜻을 알 수가 없네. 얘기 하나 더 해줄까? 어떤 이가 왕희지의 필법을 배워 초서를 아주 잘 썼다네. 양식이 떨어져 아침을 굶은 채 친구에게 쌀을 구걸하는 편지를 보냈다지. 그런데 그 친구가 초서를 못 읽어 저녁때까지 쌀을 얻지 못했다네. 왕희지의 초서가 훌륭하긴 해도 알아보지 못한다면 무슨 소용이 있겠는가?

그러고 나서 글쓰기의 요령을 다음 네 구절로 압축해서 설명했다.

> 엄정하나 막히지 않게 하고
> 시원해도 넘치지 않게 한다.
> 간략해도 뼈가 드러나지는 않고
> 상세하나 살집이 너무 많아서는 안 된다.
> 嚴欲其不阻, 暢欲其不流. 略而骨不露, 詳而肉不滿.

엄嚴은 글이 허튼 구석 없이 삼엄한 것이다. 하지만 너무 지나치면 뜻이 꺾이고 말이 막혀 의미 전달이 잘 안 된다. 할 말만 하더라도 이해를 방해해선 곤란하다. 창暢은 시원스럽게 할 말을 다 하는 것이다. 친절해서 모를 것이 없지만, 자칫 과하면 글이 번지수를 잃고 딴 데로 떠내려가기 쉽다. 너무 삼엄해도 안 되고, 너무 자세해도 곤란하다. 그 사이를 잘 잡아야 한다.

3, 4구에서 한 번 더 반복했다. 약略은 군더더기 없이 간략한 것이다. 할 말만 남기면 짜임새가 야물지만, 뼈만 남아 글의 그늘과 여운이 사라진다. 뼈대가 단단해도 피골이 상접한 해골바가지에 눈길이 가겠는가? 상詳은 꼼꼼하고 상세한 것이다. 꼼꼼하고 자세히 쓰면 속은 시원하겠으나, 볼살이 미어터지고 똥배가 출렁출렁해서 보기에 밉고 거동이 불편하

다. 맵시가 나려면 뼈가 다 보이는 갈비씨도 안 되고 살이 흘러넘치는 뚱보도 곤란하다.

부족해도 안 되고 넘쳐도 못쓴다. 중간은 어디인가?

유천입농

깊이는 여러 차례의 붓질이 쌓여야 생긴다

|

由淺入濃

명나라 당지계唐志契가《회사미언繪事微言》의 〈적묵積墨〉 조에서 먹 쓰
는 법을 이렇게 설명했다.

화가는 먹물을 포갤 줄 알아야 한다. 먹물을 진하게도 묽게도 쓴다.
어떤 경우는 처음엔 묽게 쓰고 뒤로 가면서 진하게 한다(先淡後濃). 어떤
때는 먼저 진하게 쓰고 나서 나중에 묽게 쓴다. 비단이나 종이 또는 부
채에 그림을 그릴 때 먹색은 옅은 것에서 진한 것으로 들어가야 한다
(由淺入濃). 두세 차례 붓을 써서 먹물을 쌓아 나무와 바위를 그려야 좋
은 그림이 된다. 단번에 완성한 것은 마르고 팍팍하고 얕고 엷다. 송나

라와 원나라 사람의 화법은 모두 먹물을 쌓아서 그렸다. 지금 송·원대의 그림을 보면 착색을 오히려 일고여덟 번씩 해서 깊고 얕음이 화폭 위로 드러난다. 하물며 어찌 먹을 그저 떨구었겠는가? 지금 사람은 붓을 떨궈 그 자리에서 나무와 바위를 완성하려고 혹 마른 먹으로 그린 뒤 단지 한 차례 엷은 먹으로 칠하고 만다. 심한 경우 먹물을 포개야 할 곳에도 그저 마른 붓으로 문지르고 마니, 참 우습다.

畵家要積墨水, 墨水或濃或淡. 或先淡後濃, 或先濃後淡, 凡畵或絹或紙或扇, 必須墨色由淺入濃, 兩次三番用筆, 意積成樹石乃佳. 若以一次而完者, 使枯澁淺薄. 如宋元人畵法, 皆積水爲之. 迄今看宋元畵, 著色尙且有七八次, 深淺在上. 何況落墨乎? 今人落筆, 卽欲成樹石, 或焦墨後只用一次淡墨染之. 甚有水積還用干筆拭之, 殊可笑也.

선담후농先淡後濃, 유천입농由淺入濃! 그림은 여러 차례 붓질로 농담濃淡이 쌓여야 깊이가 생긴다. 일필휘지로 그린 그림에는 그늘이 없다. 사람의 교유도 다르지 않다.

명나라 사람 왕달王達은《필주筆疇》에서 이 말을 벗 사귀는 도리로 설명했다.

처음엔 담백하다가 나중에 진해지고, 처음엔 데면데면하다가 뒤에 친해지며, 먼저는 조금 거리를 두다가 후에 가까워지는 것이 벗을 사귀는 방법이다. 세상 사람들은 눈앞만 기뻐하여 뒷날에 대해서는 염려하지 않는다. 한마디에 기분이 맞으면 어린 양을 삶고 훌륭한 술을 차려 처자를 나오게 해서 간담을 내어줄 듯이 한다. 그러다가 한마디만 마음에 맞지 않거나 한 차례 이익을 고르게 나누지 않고 또 한 끼의 밥만 주지 않아도, 성내는 마음이 생겨나 각자 서로 미워한다. 군자의 사귐은 담담하기가 물과 같고, 소인의 사귐은 농밀하기가 단술과 같다. 물은 비록 담백하나 오래되어도 그 맛이 길게 가고, 단술은 비록 진해도 오래되면 원망이 일어난다.

先淡後濃, 先疎後親, 先遠後近, 交朋友之道也. 世之人喜於目前, 而不慮於日後. 一言稍合, 殺羔羊, 具美酒, 出妻子, 傾肝膽. 及乎片言不合, 一利不均, 一食不至, 則怒心斯生, 各相厭斁. 君子之交淡如水, 小人之交濃如醴. 水雖淡, 久而味長, 醴雖濃, 久而怨起.

쇠뿔도 단김에 빼야 직성이 풀리고, 뭐든 화끈한 것만 좋아한다. 차곡차곡 쌓아 켜를 앉힌 것이라야 깊이가 생겨 오래간다. 그림도 그렇고 사람도 그렇다.

화경포뢰

나를 울게 할 고래는 어디에 있나?

—

華鯨蒲牢

박은朴誾(1479~1504)이 시 〈황령사黃嶺寺〉에서 이렇게 썼다.

화경華鯨이 울부짖자 차 연기 일어나고
잘새 돌아감 재촉하니 지는 볕이 깔렸네.
華鯨正吼茶煙起　宿鳥催歸落照低

'화경'이 뭘까? 다산은 〈병종病鐘〉에서 노래했다.

절 다락에 병든 종이 하나 있는데

본래는 양공良工이 주조한 걸세.
꼭지엔 세세하게 비늘 새겼고
수염도 분명해라 셀 수 있겠네.
포뢰蒲牢가 큰 소리로 울어대서
큰집에 쓰는 물건 되길 바랐지.

寺樓一病鐘　本亦良工鑄

螭鈕細刻鱗　之而粲可數

庶作蒲牢吼　仰充宮軒具

　금이 가 깨진 종에 대한 시인데, '포뢰'가 무언지 또 궁금해진다.

　'화경'은 무늬를 그려넣은 고래다. 범고范固는 〈동도부東都賦〉에 "이에 경어를 내어 화종을 울리니〔於是發鯨魚, 鏗華鍾〕"라 했다. 고래가 어찌 종을 칠까? 풀이는 이렇다. "바닷속에 큰 물고기가 있는데 고래라 한다. 바닷가에는 또 포뢰란 짐승이 있다. 포뢰는 평소에 고래를 무서워해서, 고래가 포뢰를 치면 큰 소리로 운다. 그래서 종소리를 크게 하려는 자는 일부러 그 위에다 포뢰를 만들어놓고, 이를 치는 공이는 고래로 만든다. 종에는 아로새긴 무늬가 있어서 화華라고 한다."

　그러니까 화경에서 '화'는 종이고 '경'은 공이를 뜻한다. 포뢰는 종 위의 매다는 장치에 새긴 동물의 이름이다. 고래 모양의 공이가 그 뭉툭한 주둥이로 종을 향해 달려들면 저를 잡아먹으려는 줄 알고 질색한 포뢰가 비명을 질러댄다. 그 비명이 맑고 웅장한 종소리가 되어 울려 퍼진다는 것이니, 아주 특별한 상상력이다. 종 위에 얹어 새긴 동물을 흔히 용으로 알지만 사실은 포뢰다.

포뢰는 용이 낳은 아홉 아들 중 셋째에 해당한다. 이들은 저마다 한 가지씩 특장이 있다. 첫째인 비희贔屭는 거북처럼 생겼고 무거운 짐을 잘 지킨다. 오늘날 귀부龜趺라 부르는, 비석을 받치고 선 거북이 바로 이 비희다. 포뢰는 소리가 맑고 크다. 고래와 만나 포뢰가 운다. 일종의 화답이요, 상상 속의 조화음이다. 앞서 다산의 '병든 종'은 공이를 잘못 만나, 부서져 금이 갔다. 금이 간 종에서는 갈라지는 쇳소리만 난다. 올 한 해 나를 우렁우렁 울게 할 고래는 어디에 있나?

다 이루고 모두 흥할 수는 없다

|

不務求全

명나라 서정직徐禎稷이《치언恥言》에서 한 말이다.

일은 온전하게 이루어지는 경우가 없고, 사물은 양쪽 모두 흥하는 법이 없다. 그래서 하늘과 땅 사이의 일은 반드시 결함이 있게 마련이다. 현명한 사람은 결함이 있을 수 있는 일에서 온전함을 구하기에 힘쓰지 않고, 결함이 있을 수 없는 일에서 덜어냄이 생길까 염려한다.

　事無全遂, 物不兩興. 故天地之間, 必有缺陷. 夫明者, 不務求全其所可缺者, 恐致損其所不可缺者.

세상일은 전수양흥全邃兩興, 즉 모두 이루고 다 흥하는 법이 없다. 살짝 아쉽고, 조금 부족해야 맞다. 불무구전不務求全, 온전함을 추구하려 애쓸 것 없다. 다 쥐려다가 있던 것마저 잃고 만다. 그가 다시 말한다.

처리하기 어려운 일을 처리해야 식견이 자랄 수 있고, 다루기 어려운 사람을 다뤄봐야 성품을 단련할 수가 있다. 배움이 그 가운데 있다.

處難處之事, 可以長識. 調難調之人, 可以煉性. 學在其中矣.

난처한 일을 겪어봐야 식견이 깊어지고, 예측하기 어려운 사람을 겪는 동안 마음공부가 단단해진다. 인생이 어찌 순풍에 돛 달고만 갈 수 있겠는가?

한번은 그가 초가을에 농부와 들판에 나갔다. 벼 이삭이 유난히 많이 달린 것을 보고 풍년이 들겠다고 하자, 농부가 말했다. "그렇지 않아요. 촘촘하게 심어 거름을 많이 주면 금세 자라지만 거둘 때 보면 쭉정이가 많고 알곡이 적지요." 또 논이 말라 갈라진 것을 보고 걱정하니, 농부는 "괜찮아요, 가을이 되면 바람이 매워집니다. 벼가 물을 너무 많이 먹으면 이들이들해서 보기에는 좋아도 물러져요. 수분을 적당히 뺏어줘야 야물 어지죠".

농부의 대답을 들은 서정직이 한마디를 보탠다.

사물의 이치에는 곱셈과 나눗셈이 있고, 사람의 도리에는 덧셈과 뺄셈이 있다. 그래서 큰일을 이루려는 사람은 정화精華가 너무 일찍 새어 나가는 것을 경계한다. 멀리 보는 안목을 지닌 사람은 편히 쉬는 시간이 너무 지나쳐서는 안 된다.

物之道其有乘除乎, 人之道其有補損乎. 故圖大成者, 精華戒其早泄, 存遠慮
者, 休養無宜太過.

거름을 너무 많이 주면 쭉정이가 많아진다. 수분이 조금 부족한 듯해야
밑동이 튼튼해져서 알곡이 잘 야문다.

순물신경

욕심만 따르다가 몸을 망친다

|

徇物身輕

명나라 왕달이 《필주》에서 한 말이다.

재앙은 많은 탐욕보다 큰 것이 없고, 부유함은 족함을 아는 것보다
더함이 없다. 욕심이 강하면 물질을 따르게 되니, 이를 따르면 몸은 가
볍고 물질만 중하게 된다. 물질이 중하게 되면 어두움이 끝이 없어, 몸
을 망치기 전에는 그만두지 않는다. 저 물질만을 따르는 자는 족함을
알지 못해서다. 진실로 족함을 알면 마음이 편안하고, 마음이 편안하면
일이 줄어들며, 일이 줄어들면 집안의 도리가 화목해지고, 집안의 도리
가 화목해지면 남들이 모두 알게 된다. 이 때문에 부유함은 족함을 아

는 데 달려 있다고 하는 것이다.

禍莫大于多貪, 富莫富于知足. 欲心勝則徇物, 徇物則身輕而物重矣. 物重則
贅然無窮, 不喪其身不止矣. 彼徇物者, 由不知足之故也. 苟知足, 則心安, 心安
則事少, 事少則家道和, 家道和則人無不知矣. 故曰富于知足.

부자는 재물이 이만하면 됐다 싶은 사람이다. 세상에 부자가 없는 이유
다. 족함을 아는 사람이 진짜 부자다. 그는 현재의 삶을 기뻐하므로 그 이
상을 바라지 않는다. 탐욕은 크기에 비례해 재앙을 부른다. 탐욕이 물질
에 대한 집착을 낳고, 그 집착으로 인해 몸을 함부로 굴리며 못하는 일이
없게 된다. 그 결과 어리석음으로 제 몸을 잃고 파멸의 나락으로 떨어진
다. 현재의 삶에 만족해 마음이 편하면 딴 데 마음 둘 일이 없다.

유경종柳慶種(1714~1784)은 〈의원지意園誌〉에서 또 이렇게 말했다.

아! 백년 인생은 한정이 있고, 뜻과 일은 어긋나게 마련이다. 빈손으
로 태어나 죽을 때는 가져가지도 못한다. 몸이 바쁜 사람은 누리기가
쉽지 않고, 늙어 힘이 다한 자는 아쉬움을 늘 품는다. 미래를 망상하느
니, 방외에다 마음을 노니는 것만 못하다. 경영하려 애쓸 바엔 차라리
글을 쓰는 것이 낫다. 마침내 결단하면 힘들고 편안함이 드러날 것이
요, 애오라지 즐거움에 뜻을 부칠진대 얻고 잃음을 볼 수가 있으리라.

嗟乎! 百年有涯, 志事互違. 生無帶來, 死不將去. 身忙者未易消受, 力匱者
每懷欷恨. 與其妄想於未來, 孰若游心於方外. 有憚經理, 毋寧就成于筆端. 畢
竟斷置, 勞逸顯矣. 聊復寄娛, 得失可見矣.

젊어서는 바빠서 다 놓치고, 늙어서는 힘이 빠져 할 수가 없다. 이 누구
의 허물인고!

가까울수록 예의가 필요하다

|

御家之要

이덕무의 《사소절士小節》은 선비로서 지녀야 할 일상의 범절을 924개 항목으로 나눠 정리한 책이다. 누군가 '집안을 다스리는 요령[御家之要]'을 묻는다. 이덕무의 대답은 이렇다.

가장은 차마 못 들을 말을 꺼내지 않고, 집안 식구들은 감히 말하지 못할 말을 하지 않으면 집안의 도리가 바로잡힌다.
家長毋出不忍聞之言, 家衆毋作不敢言之說, 則家道正矣.

가장이 권위로 눌러 기분대로 함부로 말하면 가족에게 두고두고 깊은 상처로 남는다. 아내가 가장에게 돈 못 벌어온다고 악을 쓰고, 자식이 아비에게 해준 게 뭐 있냐고 대들면 더 이상 집안의 법도는 없다.

다시 한 단락.

춥고 배고픔이 지극하면 자제들이 부형을 원망해서 '왜 나를 이렇게 춥고 주리게 하는가?' 말한다. 부형은 자제에게 화를 내며 '어째서 나를 춥고 주리게 하는가?' 한다. 이것은 맹자가 말한 항심恒心이 없는 자다. 그래서 인륜의 즈음에 비록 사망과 환난에 이르더라도 돈후함에 힘쓰고 각박함을 경계해야 한다.

飢寒之至, 子弟怨父兄曰: '何使我飢寒?' 父兄恚子弟曰: '何使我飢寒?' 此孟子所謂無恒心者也. 故人倫之際, 雖至死亡患難, 務敦厚而戒刻薄也.

가까울수록 말을 함부로 모질게 한다. 서로서로 탓만 하니 가정의 화목을 어찌 기대할 수 있겠는가? 남에게도 그렇지만 가족 간일수록 더 예의가 필요하다. 그런데 그게 잘 안 된다.

윗사람에게 간하는 것은 어찌해야 하나?

어른이 허물이 있을 경우, 성이 났을 때 간해서는 안 된다. 간하는 말이 귀에 들어오지 않고 허물만 더하게 된다. 그 마음이 가라앉고 기운이 내려가기를 기다려서 조용히 말하는 것이 옳다.

長者有過, 不可因其怒而諫之. 諫不入而過愈加焉. 俟其心平氣降, 從容言之可也.

옳은 말도 때를 가려서 하고, 들을 준비가 돼 있을 때 해야 보람이 있다. 특히 어른에게 말할 때는 더더욱 그렇다.

부끄러움과 분노, 두려움과 뉘우침이 사람이 되는 바탕이다.

恥憤惕悔, 爲人之基.

잘못된 일 앞에 부끄러워할 줄 알고, 불의한 일에 분노할 줄 알며, 혹 몸가짐에 잘못은 없었는지 두려워하고, 마음자리에 허튼 구석은 없었는가 뉘우치는 마음을 지녀야 사람의 바탕이 닦인다.

100리 길에서는 90리가 절반이다

|

半於九十

당나라 때 안진경顏眞卿의 《쟁좌위첩爭座位帖》은 정양왕定襄王 곽영의郭
英義에게 보낸 글의 초고다. 행서의 절품絕品으로 꼽는다. 조정의 연회에
서 백관들이 자리 문제로 다투는 일을 간쟁했다. 곽영의는 환관 어조은魚
朝恩에게 아첨하려고 그의 자리를 상서尙書의 앞에 배치하려 했다. 안진경
은 붓을 들어 곽영의의 이런 행동을 준절히 나무라며 청주확금淸晝攫金,
즉 벌건 대낮에 황금을 낚아채는 처신이라고 격렬히 비난했다.
　그중의 한 대목이다.

　가득 차도 넘치지 않는 것이 부富를 길이 지키는 까닭이요, 높지만 위태롭지 않음이 귀함을 길이 지키는 까닭입니다. 어찌 경계하여 두려워하지 않겠습니까? 《서경》에는 '네가 뽐내지 않으면 천하가 너와 더불어 공을 다투지 않고, 네가 남을 치지 않으면 천하가 너와 더불어 능함을 다투지 않는다'고 하였지요. 이 때문에 100리 길을 가는 사람은 90리를 절반으로 여긴다고 했던 것이니, 만년과 마무리가 어려움을 말한 것입니다.

滿而不溢, 所以長守富也, 高而不危, 所以長守貴也. 可不儆懼乎? 書曰: '爾唯不矜, 天下莫與汝爭功, 爾唯不伐, 天下莫與汝爭能.' 故曰: '行百里者半九十里', 言晩節末路之難也.

"100리 길을 가는 사람은 90리를 절반으로 친다〔行百里者, 半於九十〕." 이 말은 원래 《전국책戰國策》〈진책秦策〉에 나온다. 진무왕秦武王이 이웃 나라와의 전쟁에서 승승장구하며 교만한 기색을 보이자 이를 경계하여 한 말이다. 시작의 중요성을 강조해 '시작이 반'이라고들 하나, 100리의 절반은 50리가 아닌 90리 지점으로 잡아야 한다는 뜻이다.

금세 뜻대로 잘될 것 같아도, 세상일이 그리 만만치가 않다. 근거 없는 낙관과 자만에 취해 있다 보면 작은 일에서 삐끗하고 예상치 않은 데에 발목이 붙들려 결국 큰일을 그르치고 만다. 끝까지 최선을 다해 마무리해야만 일을 잘 마칠 수가 있다. 그러자면 90리를 오고서도 이제 겨우 절반쯤 왔다는 각오로 임하지 않으면 안 된다. 《시경》〈탕지습湯之什〉에서 "모두 처음은 있었지만 능히 끝이 있기는 드물었다〔靡不有初 鮮克有終〕"고 말한 까닭이 여기에 있다. 이제 됐다 싶을 때 더욱 살펴야 한다.

나쁜 것을 포용하고 더러움을 받아들이다

|

含垢納汚

운양 김윤식이 〈막내아들 유방의 병풍에 써주다(書贈季子裕邦屏幅)〉란 글에서 이렇게 썼다.

《서경》에서는 '반드시 참아내야만 건너갈 수 있다'고 했다. 근면함이 아니고는 큰 덕을 이룰 수가 없다. 인내가 아니고는 큰 사업을 맺을 수가 없다. 근면이란 것은 스스로 힘써 쉬지 않아 날마다 새롭고 또 새로워지는 것이니 하늘의 도리이다. 인내란 것은 나쁜 것을 포용하고 더러운 것을 받아들여서 무거운 짐을 지고 먼 곳까지 도달함이니 땅의 도리이다. 대저 한때의 괴로움을 견디지 못하고 편안함을 취해 눌러앉는 자는 끝내 궁한 살림의 탄식을 면치 못한다. 하루아침의 분노를 참지 못해 경거망동하는 자는 마침내 반드시 목숨을 잃는 근심이 있게 된다. 이 때문에 총명하고 재능이 뛰어남이 근면함만 못하고, 지혜와 꾀가 많은 것이 인내만 못하다. 힘쓰지 않을 수 있겠는가?

書云: '必有忍, 其乃有濟', 非勤無以成大德也, 非忍無以凝大業也. 勤勉者自强不息, 日新又新, 天道也. 忍耐者藏疾納汚, 負重致遠, 地道也. 夫不耐一時之苦, 而偸安姑息者, 其終不免窮廬之歎, 不忍一朝之忿, 而輕擧妄動者, 其終必有滅頂之患. 故聰明特達, 不如勤勉, 足智多謀, 不如忍耐, 可不勉哉, 可不戒哉?

막내에게 근면과 인내의 덕성을 기르라고 주문했다. 근면한 노력이 꼭 필요하지만, 더 중요한 것은 인내다. 한때의 괴로움과 잠깐의 분노를 못 참아 큰일을 그르치면 그간의 노력이 보람 없다. 이 아비는 네가 똑똑하고 꾀 많은 사람이기보다 근면하면서 참아 견딜 줄 아는 사람이 되었으면 좋겠구나.

글 중에 '나쁜 것을 포용하고 더러운 것을 받아들인다'는 말은 《춘추좌씨전春秋左氏傳》〈선공宣公〉 15년 기사에 진晉나라 백종伯宗이 "시내와 연못은 더러운 것을 받아들이고, 산과 숲은 나쁜 것을 감춰두며, 옥은 흠을 감추고 있으니, 임금이 더러움을 포용하는 것은 하늘의 도입니다[川澤納汚, 山藪藏疾, 瑾瑜匿瑕, 國君含垢, 天之道也]"라 한 데서 나왔다. 흔히 함구납오含垢納汚라 한다. 때 묻은 것을 포용하고 더러운 것을 받아들인다는 뜻이다. 시내는 더러운 것을 받아들인다. 옥에도 흠은 있다. 유용한 인재도 다소의 흠결은 있게 마련이다. 포용하는 것이 맞다.

인품훈유

남에 대해 하는 말에 사람의 그릇이 드러난다

|

人品薰蕕

송나라 때 구양수歐陽脩는 후진들의 좋은 글을 보면 기록해두곤 했다. 나중에 이를 모아《문림文林》이란 책으로 묶었다. 그는 당대의 문종文宗으로 기림받는 위치에 있었지만, 후배들의 글을 이렇듯 귀하게 여겼다. 송나라 오자량吳子良은 자신의《임하우담林下偶譚》에서 이 점이 바로 구양수가 일세의 문종이 될 수 있었던 까닭이라고 썼다. 구양수는 〈여유원보서與劉原父書〉에서 "왕개보王介甫가 새로 쓴 시 수십 편을 얻었는데 모두 기이하고 절묘해서, 시도詩道가 적막하지만은 않음을 기뻐하며 그대에게 알려드리오"라고 썼고, 또 〈답매성유서答梅聖兪書〉에서는 "소식蘇軾의 글을 읽으니 나도 모르게 식은땀이 나더군요. 통쾌하고 통쾌합니다. 이 늙은이가 마땅히 길을 비켜주어서 그가 두각을 드러내도록 해야겠습니다. 너무 기쁩니다." 구양수는 좋은 글을 보면 이처럼 기뻐했다.

명나라 때 호종헌胡宗憲이 모곤茅坤에게 〈백록표白鹿表〉를 보여주었다. 모곤이 놀라 혀를 차며 말했다. "이것은 우리 당형천唐荊川 공이 아니고는 절대로 지을 수 없는 글일세." 당형천은 자신의 스승이었다. 뒤늦게 이 글을 서문장徐文長이 지었다는 사실을 알게 되자, 말을 이렇게 바꿨다. "애석하구나. 말세의 나약함에 지나지 않는다." 말속에 서문장을 질투하는 마음이 절로 드러났다.

나가노 호잔이 《송음쾌담》에서 두 사람의 다른 태도를 적고 나서 이렇게 썼다.

구양수를 살펴보면 인품의 훈유薰蕕가 다름을 볼 수 있다. 내가 모곤의 문집을 읽어보니 훌륭한 작품이 한 편도 없었다. 서문장의 하인이 되기에도 부족했으니, 질투하는 마음을 막지 못한 것이 당연하다. 옛사람이 말했다. '비방은 질투에서 생겨나고, 질투는 이기지 못하는 데서 생겨난다.' 이 말이 참으로 옳다.

視於歐公, 可以見人品薰蕕之別矣. 余讀茅氏文集, 不得一佳作. 蓋不足爲文長之奴, 宜乎其不堪猜忌也. 古人曰: '毀生於嫉, 嫉生於不勝.' 信哉言也.

훈薰은 향기 나는 풀이고, 유蕕는 고약한 냄새가 나는 풀이다. 남에 대해 말하는 태도에서 그 사람의 그릇이 드러난다. 아랫사람의 좋은 점을 취해 자신을 발전시키는 사람이 있고, 아랫사람을 무시하고 짓밟아 제 권위를 세우려는 사람이 있다.

초
화
계
훈

입을 봉해 말을 아껴야 하는 이유
|
招禍啓釁

윤기尹愭(1741~1826)가 자신을 경계하여 쓴 〈자경自警〉이다.

아아, 이내 몸을
묵묵히 돌아보니,
성품 본시 못난 데다
습성마저 게으르다.
속은 텅 비었는데
어느새 늙었구나.

于嗟儂 默反躬 性本憃 習以慵 中空空 奄成翁

입은 아직 뚫려 있고
혀도 따라 움직여서,
아침저녁 밥을 먹고
쉼 없이 말을 한다.
가슴속을 펴보여
되는대로 내뱉는다.
口尙通　舌則從　飱而饔　語不窮　發自臆　出多衝

공부를 버려두고
경계하지 않는다면,
나중엔 두려워서
용납될 곳 없으리니,
어이해 틀어막아
그 끝을 잘 마칠까?
縱着工　罔愼戒　後乃懼　若無容　曷以壅　曁厥終

　열린 입이라고 한정 없이 떠들기만 하면 나중엔 아무도 거들떠보지 않
는 버린 사람이 된다.
　또 〈자식들을 타이르고 또 스스로 반성하다(警兒輩 又以自省)〉에서는 이
렇게 썼다.

　저기 저 새를 보라
　기미 보아 날고 앉네.

공부의 자세

133

하물며 사람인데
화 자초함 생각 않나?
相彼鳥矣　色擧翔集　矧伊人矣　不思自及

탐욕을 부릴 때면
왜 두려워하지 않고,
이익을 붙좇을 젠
어이해 못 깨닫나?
方其貪也　胡不懼兮　方其趨也　胡不悟兮

득의로운 그때에는
저 잘났다 뻐기지만,
엎어진 뒤에는
후회해도 소용없네.
得意之時　謂巧過人　覆敗之後　悔無及焉

입은 화를 부르고
행동은 흠 만드니,
생각하고 잘 간수해
경계하고 삼갈진저.
惟口招禍　惟動啓釁　念玆在玆　必戒必愼

같은 글에서 또 말한다.

사람이 누군들 말조심을 해야 하는 줄을 모르며, 입을 봉하고 싶지 않겠는가? 그런데도 끝내 그렇게 하지 못하는 것은 어째서일까? 그 마음을 능히 간수하지 못하기 때문이다. 진실로 능히 생각하고 또 생각하여 마음으로 잊지 않고, 말을 할 때는 세 번 따져본다. 말을 하려다가도 도로 거둔다면, 말을 해야 할 때 말을 하고 말을 하지 말아야 할 때는 말을 하지 않게 된다. 때에 맞춰 누그러뜨린 뒤에 말하면 허물도 없고 후회도 없을 터이니, 어찌 아름답지 않겠는가?

人亦孰不知言之當愼, 孰不欲口之必緘? 而卒不能然者何也? 以此心之不能存故也. 苟能念念不忘, 臨言而三思, 欲發而還收, 則可以當言而言, 不當言而不言, 馴致於時然後言, 无咎无悔矣, 豈不美哉?

한마디 더!

사람에게 말은 물이나 불과 같다. 사람은 물과 불이 없이는 살 수가 없다. 홍수나 화재가 나면 너무나 참혹해도, 그 해로움을 삼가면 아무 폐단이 없다.

人之於言猶水火, 人非水火不生, 而罹其禍則甚酷, 愼其害則無弊.

아끼면 보석 같을 말이 함부로 뱉어 오물이 되고 만다.

염취박향

일마다 뜻대로 되는 것은 위태롭다

|

廉取薄享

광성부원군光城府院君 김만기金萬基(1633~1687)의 집안은 부귀가 대단하고 자손이 많았다. 입춘첩立春帖에 '만사여의萬事如意'란 글이 나붙었다. 김진규金鎭圭(1658~1716)가 이를 보고 말했다. "이 입춘첩을 쓴 것이 누구냐? 사람이 세상에 나서 한두 가지도 마음먹은 대로 하기가 어려운데, 모든 일을 마음먹은 대로 이루게 해달라니, 조물주가 꺼릴 일이 아니겠는가? 우리 집안이 장차 쇠망하겠구나!" 얼마 후 수난을 당하고 유배를 가서 그 말대로 되었다.

송나라 호안국胡安國이 말했다.

집안에서 가장 해서는 안 될 것이 일마다 뜻대로 되는 것이다. 일은 늘 부족한 곳이 있어야 좋다. 일마다 뜻에 흡족하면 문득 좋지 않은 일이 생겨나는 것을 여러 번 시험해보았다. 소강절의 시에 '좋은 꽃은 절반쯤 피었을 때 본다'고 했는데, 가장 친절하고 맛이 있다.

人家最不要事事足意. 常有事不足處方好. 才事事足意, 便有不好事出來, 歷試歷驗. 邵康節詩云: '好花看到半開時.' 最爲親切有味.

좋은 꽃은 반쯤 피었을 때 보아야 좋다. 활짝 피어 흐드러진 뒤에는 추하게 질 일만 남았다. 뭐든 조금 부족한 듯할 때 그치는 것이 맞다. 목표했던 것에 약간 미치지 못한 상태가 좋다. 음식도 배가 조금 덜 찬 상태에서 수저를 놓는다. 그런데 그게 참 어렵다. 한껏 하고 양껏 하면 당장은 후련하겠지만, 꼭 탈이 난다. 끝까지 가면 안 가느니만 못하게 된다.

명나라 사람 육수성陸樹聲이 지은《청서필담淸暑筆談》의 다음 말도 같은 취지다.

문장과 공업에 뜻을 둔 선비가 세상에서 원하던 것이 충족되면 종종 약을 구해 먹으면서까지 불로장생하기를 바라게 된다. 그러나 세상 사는 방법 중에, 취해 가진 운수가 이미 많으면 조물주가 빼앗을 것을 염려하여, 오직 아끼면서 태연하게 처신하고, 검소하게 가져 적게 누리면서, 그 나머지를 조금씩 이어나가는 것이 옳다.

文章功業之士, 於世願已足, 則往往求服餌, 以希慕長生. 然於世法中, 取數已多, 恐造物者所靳. 惟以嗇處泰, 廉取而薄享, 以迓續其餘可也.

더 갖고 다 가져도 욕망은 충족되는 법이 없다. 아끼고 나누고 함께하면 부족해도 마음이 충만해진다. 어느 쪽을 택할까? 어느 길로 갈까?

적이능산

쌓지만 말고 흩을 줄을 알아야

|

積而能散

《예기禮記》〈곡례曲禮〉 편의 서두를 함께 읽는다.

공경하지 않음이 없고, 생각에 잠긴 것처럼 단정하며, 말이 차분하면, 백성이 편안하다.
毋不敬, 儼若思, 安定辭, 安民哉.

상대를 존중하고, 행동거지가 가볍지 않으며, 말씨가 편안하고 안정되니, 지도자에 대해 백성의 신뢰가 쌓인다는 말이다.

오만함을 자라게 해서는 안 되고, 욕심을 마음껏 부려서는 안 된다. 뜻은 한껏 채우려 들지 말고, 즐거움은 끝까지 가서는 안 된다.

敖不可長, 欲不可從, 志不可滿, 樂不可極.

뭐든 절제해야 아름답다.

어진 사람은 가까워도 공경하고, 두려워해도 상대를 아낀다. 아끼더라도 나쁜 점을 알고, 미워하나 좋은 점을 안다. 쌓아둔 것을 능히 나누고, 편안한 곳을 좋아해도 능히 옮긴다.

賢者狎而敬之, 畏而愛之. 愛而知其惡, 憎而知其善. 積而能散, 安安而能遷.

허물없이 지내는 것과 함부로 막 대하는 것은 다르다. 상대가 불편해도 아끼는 마음은 간직한다. 아껴도 속없이 다 내주지 않고 단점을 기억한다. 밉더라도 장점마저 외면하지는 않는다. 쌓아만 두지 말고 나누는 마음이 필요하다. 편하다고 눌러앉아 안주하면 타성에 젖어 변화의 타이밍을 놓친다.

재물은 구차하게 얻으려 말고, 힘든 일과 마주해 구차하게 면하려 해서는 안 된다. 이득을 놓고 이기려 들지 말고, 몫을 나눌 때는 많이 가지려 하지 말라. 의심스러운 일은 묻지를 말고, 곧더라도 고집해서는 안 된다.

臨財毋苟得, 臨難毋苟免. 得毋求勝, 分毋求多. 疑事毋質, 直而勿有.

돈 앞에 천해지면 못쓴다. 역경은 대가를 치르고 넘어가는 것이 맞다. 무조건 이겨야 하고, 제 몫은 많아야 한다는 생각은 금물이다. 분명치 않은 일에 나서지 말고, 내가 옳다고 고집을 부려서는 안 된다.

윤기가 〈집안의 금계(家禁)〉에서 말했다.

재물의 운수가 한정 있음을 깨달아 늘 만족하여 그치는 뜻을 지녀라. 많은 재물로 허물이 많아짐을 경계하여 항상 능히 흩을 줄 알아야 한다는 가르침을 생각하라.

悟財數之有限, 而常存止足之意. 戒多財之益過, 而每思能散之訓.

쌓아두기만 하고 나눌 줄 모르면 인색하고 교만하다는 비난이 바로 따라온다.

요행 속의 삶이라도 반듯함이 필요하다

殃及池魚

"초나라가 원숭이를 잃자 화가 숲 나무에 이르렀고, 성 북쪽에 불이 나
니 재앙이 연못 물고기에 미쳤다〔楚國亡猿, 禍延林木. 城北失火, 殃及池魚〕"는
말이 있다. 명나라 사람 고염무顧炎武가 쓴 《일지록日知錄》에 보인다. 고사
가 있다.

초나라 임금이 애지중지 아끼던 원숭이가 있었다. 어느 날 요 녀석이
묶인 줄을 풀고 달아났다. 임금은 원숭이를 잡아오라며 펄펄 뛰었다. 숲
으로 달아난 원숭이는 나무 위를 뛰며 도망다녀 잡을 방법이 없었다. 임
금의 노여움은 더 커졌다. 하는 수 없어 이들은 원숭이가 달아나지 못하
도록 온 숲을 에워싼 뒤 나무를 베기 시작했다. 결국 원숭이도 못 잡고 그

좋던 숲만 결딴이 났다.《회남자淮南子》에 나오는 이야기다.

이번엔 성 북쪽에 불이 났다. 불의 기세가 워낙 다급해서 불길을 잡기가 어려웠다. 성안의 모든 사람이 다 나와서 연못의 물을 퍼날라 간신히 불을 껐다. 불을 끄고 나니 연못물이 바닥이 나서 애꿎은 물고기만 맨바닥에서 퍼덕거렸다. 명나라 진정陳霆의《양산묵담兩山墨談》에 보인다.

뒤의 것은 비슷한 이야기가 하나 더 있다. 송나라 환퇴桓魋에게 값비싼 구슬이 있었다. 그가 죄를 입고 도망을 가려 할 때 왕이 사람을 보내 구슬이 어디 있느냐고 물었다. 그가 대답했다. "연못 가운데다 던져버렸소." 왕은 그 구슬을 차지하려고 사람을 시켜 넓은 연못의 물을 다 빼고, 진흙 바닥까지 온통 헤집었다. 애초에 버린 적이 없는 구슬이라 끝내 찾지 못했다. 그 와중에 연못의 물고기만 공연히 떼죽음을 당했다.《여씨춘추呂氏春秋》〈필기必己〉 편에 보인다.

원숭이 한 마리의 우연한 탈출이 온 숲의 나무를 결딴냈고, 성안에서 어쩌다 난 실화失火에 전체 연못의 물고기가 다 죽었다. 앙급지어殃及池魚는 자신과는 아무 상관이 없는 일로 뜻하지 않는 횡액을 만나는 것을 비유하는 말로 쓴다. 나무와 물고기는 엉뚱하게 튄 불똥을 맞았다. 자신이 잘못한 것도 없고, 선택의 여지도 없었다. 세상일은 복잡하게 얽히고설켜 화복을 알기가 어렵다. 우리는 하루하루를 요행僥倖 속에 산다. 그럴수록 늘 반듯한 삶의 자세를 가다듬어야 한다.

식
졸
무
망

못났다는 말을 듣고 기뻐하다

—

識拙無妄

선조 때 박숭원朴崇元(1532~1593)이 강원도 관찰사가 되었다. 대간臺諫
들이 그가 오활迂闊하고 졸렬하다 하여 교체해야 한다며 탄핵했다. 임금
의 대답이 이랬다. "세상 사람들이 온통 교묘한데 숭원이 홀로 졸렬하니
이것이 그에게서 취할 만한 점이다." 한번은 연석筵席에서 대신들의 능하
고 못하고에 대해 논했다. 임금이 말했다. "신식申湜(1551~1623)은 졸렬
하고 허성許筬(1548~1612)은 고집스럽다." 신식은 꾸밀 줄 모르고, 허성
은 원칙을 지킨다는 칭찬이었다. 신식은 임금께서 알아주심에 감격해서
자신의 호를 '용졸재用拙齋'로 지었다. 졸렬함으로 임금에게 쓰임을 받은
사람이란 의미다.

최립崔岦(1539~1612)이 〈용졸재기用拙齋記〉에서 말했다.

교巧는 그럴싸하게 꾸며 장난치는 데서 나오니 마침내 거짓이다. 졸拙은 비록 부족한 데서 나오는 듯해도 스스로 천기天機를 벗어나지 않는다.

巧起於繕飾作弄, 畢竟是人僞. 而拙雖若起於不足, 却自不離天機耳.

허목許穆(1595~1682)은 〈백졸장설百拙藏說〉에서 자신에 대해 이렇게 썼다.

노인은 재주가 졸렬하고 학문이 졸렬하다. 마음이 졸렬하고 뜻이 졸렬하다. 말이 졸렬하고 행동이 졸렬하다. 하는 모든 일이 다 졸렬하다. 그래서 내 거처를 백졸장百拙藏이라고 부른다. 이름은 밖에서 구해서는 안 되니, 성품에서 나오는 것이라 그렇다. 이 때문에 졸렬함을 아는 것은 망령되이 행동하지 말라는 경계다.

老人才拙學拙, 心拙志拙, 言拙行拙. 百試而百拙. 故名吾居曰百拙藏. 名不可外求, 出於性者然也. 所以識拙, 毋妄動之戒也.

송나라 주돈이周敦頤는 남들이 자신을 졸렬하다고 말하자 기뻐하며 이런 글을 지었다.

교묘한 자는 말하고 졸렬한 사람은 침묵한다. 교묘한 자는 수고롭지만 졸렬한 자는 편안하다. 교묘한 자는 남을 해치나 졸렬한 자는 덕스럽다. 교묘한 자는 흉하나 졸렬한 자는 길하다.

巧者言, 拙者默. 巧者勞, 拙者逸. 巧者賊, 拙者德. 巧者凶, 拙者吉.

세상은 너나 할 것 없이 온통 인정받고 남을 꺾기 위해 교묘해지려고
난리인데 못났다, 졸렬하다는 말을 듣고 오히려 즐거워하고 기뻐한 사람
들의 이야기다.

소구적신

묵은 것을 없애고 새것을 쌓자

|

消舊積新

《칠극七克》은 예수회 신부 판토하Didace de Pantoja(1571~1618)가 북경에서 1614년 출판한 책이다. 한문으로 천주교 교리를 쉽게 설명했다. 다산 정약용을 비롯해 조선의 많은 지식인들이 이 책을 통해 천주교인이되었다.

서문에서 말했다. "대저 마음의 병이 일곱 가지요, 마음을 치료하는 약이 일곱 가지다. 핵심은 모두 묵은 것을 없애고 새것을 쌓는 것(消舊積新)에 불과하다." 이어 그는 교만함(傲)은 겸손으로 이기고, 질투(妬)는 어짊과 사랑으로 극복하며, 탐욕(貪)은 베풂으로 풀고, 분노(忿)는 인내로 가라앉히며, 욕심(饕)은 절제로 막고, 음란함(淫)은 정결로 차단하며, 게으름

〔怠〕은 부지런함으로 넘어서야 한다면서, 7장으로 나눠 그 방법을 구체화했다.

제1장은 교만을 누르는 방법이다. 그중의 몇 단락.

색욕은 젊어서는 즐겨도 늙으면 식는다. 분노는 참으면 없어지고 고요하면 물러난다. 하지만 교만은 한번 마음에 들어오면 언제 어디서고 붙어다닌다. 몸이 늙어도 교만은 시들지 않는다.

如色慾少則饜, 老則息. 如忿怒, 忍則去, 靜則却. 惟傲一納於心, 時處附着焉. 身能老而傲不衰.

때가 되지 않았는데 드러나 칭찬을 받는 것은 길가의 과일과 같다. 사람마다 따지만 누가 익었는지를 묻겠는가? 수많은 열매 중에 마침내 하나도 익지 못한다.

非時而露, 使人見稱, 路旁果也. 人人取之, 安問者熟? 百千萬果, 竟無一成.

서양의 여러 현자의 일화를 적고, 《논어》 같은 유가 경전도 인용하다가, 《성경》 말씀 한 단락을 슬쩍 끼워넣는다.

쇠를 시험하려면 붉게 달궈진 화로에 넣고, 사람을 시험하려면 칭찬하는 말속에 넣는다. 가짜 쇠는 불에 들어가면 연기를 따라 흩어지지만, 진짜 쇠는 불에 들어가면 단련할수록 정금精金이 된다.

經曰: '試金, 納之紅爐. 試人, 納諸譽口.' 僞金入火, 隨烟而散. 眞金入火, 彌煉彌精.

《성경》〈잠언〉 27장 21절의 "도가니에서 금이나 은을 제련하듯, 칭찬해보아야 사람됨을 안다"는 말을 한문투로 풀어썼다.

예화가 신선하고 설명이 알기 쉬워, 심신수양서로 알고 읽다 보면 그 안에서 어느새 신앙이 싹터 있곤 했다.

경경유성

연실갓끈이 서안에 부딪치는 소리

|

輕輕有聲

김굉필金宏弼(1454~1504)의 초립草笠은 연실蓮實로 갓끈의 영자纓子를
달았다. 조용한 방에 들어앉아 깊은 밤에도 책을 읽었다. 사방은 적막한
데 이따금 연실이 서안書案에 닿으면서 가볍게 울리는 소리가 밤새 들렸
다(輕輕有聲).

스승 김종직金宗直이 산림의 중망重望을 안고 이조참판에 올랐지만, 막
상 아무 하는 일이 없었다. 김굉필이 시 한 수를 지어 올렸다.

도道란 겨울에 갖옷 입고 여름에 얼음 마심이니
개면 가고 비 오면 멈춤을 어이 능력 있다 하리.

난초 만약 세속을 따르면 종당엔 변하리니
소는 밭 갈고 말은 탄단 말 그 누가 믿으리오.
道在冬裘夏飮氷　騫行潦止豈全能
蘭如從俗終當變　誰信牛耕馬可乘

　시의 뜻은 이렇다. "선생님! 대체 이게 뭡니까? 아무리 추이를 따르더라도 하실 일은 하셔야지요. 날이 개면 길 나서고, 비 내리면 들어앉는 것이야 누가 못합니까? 난초가 세속에 뒹굴면 잡초가 됩니다. 소는 밭을 갈고 말은 사람이 타는 법이지요. 저는 선생님께서 소 등인 줄은 몰랐습니다. 이 눈치 저 눈치 보시며 아무 일도 않으시니, 왜 거기 계십니까?" 신랄하고 독한 말이었다.
　김종직의 답시는 이렇다.

분에 넘는 벼슬자리 벌빙伐氷까지 올랐지만
임금 바로잡고 세속 구제함 내 어이 능히 하리.
후배에게 못났다는 조롱까지 받게 되니
구구한 세리勢利일랑 오를 것이 못 되누나.
分外官聯到伐氷　匡君救俗我何能
從敎後輩嘲迂拙　勢利區區不足乘

　'벌빙'은 경대부卿大夫의 지위를 뜻한다. 고대에 경대부라야 얼음을 보관해두었다가 제사 때 쓸 수 있대서 나온 말이다. "내가 분에 넘게 높은 지위에 오르긴 했네만, 대체 일을 맡을 만한 역량이 있어야 말이지. 자네 같은 후배까지 나를 못났다고 이렇게 조롱하니, 구구한 이 벼슬길에 내가 왜 올랐는지 모르겠구먼." 말은 점잖게 했지만 깊은 유감이 깔려 있다. 이 일로 사제師弟는 다시 얼굴을 보지 않았다.

세밑이다. 광군구속匡君救俗의 포부가 제행료지霽行潦止, 즉 개면 길 나서고 비 오면 멈추는 눈치보기로 바뀌는 것은 잠깐 만이다. 연실갓끈 영자가 서안에 부딪치며 내는 잔잔한 소리가 그립다.

제 3 부

세
간
의
시
비

삼년지애

7년 묵은 병에 3년 묵은 쑥 찾기

三年之艾

    목은牧隱 이색李穡(1328~1396)을 찾아온 젊은이가 있었다. 공부는 않
으면서 자신의 글솜씨로 과거 합격이 어려운 것을 근심하며 방도를 물었
다. 목은이 시 한 수를 써주었다. 앞 네 구절만 보이면 이렇다.

    과거공부 저절로 방법 있나니
    뉘 함부로 문형文衡이 되려 하는가?
    병중에 약쑥 찾기 너무 급하고
    목마른 뒤 샘 파기는 어렵다마다.
    擧業自有法　文衡誰妄干

病中求艾急　渴後掘泉難

평소에 공부를 해야지 시험에 닥쳐서 그런 걱정을 하면 무슨 소용이 있냐는 나무람이다.

목은은 또 〈자영自詠〉에서 이렇게 읊었다.

근심과 병 잇달아서 어느덧 일곱 해라
남은 목숨 여태도 이어지니 가련하다.
종신토록 약쑥을 못 구할 줄 잘 알기에
《맹자》나 읽으면서 호연지기 강구하리.
憂病相仍已七年　自憐殘喘尙綿綿
端知不蓄終身艾　爲讀鄒書講浩然

두 시 속의 쑥 얘기는 《맹자》〈이루離婁〉 상上에 나온다. 맹자가 말한다. "오늘날 왕 노릇 하려는 자는 7년 된 병에 3년 묵은 약쑥을 구하려는 것과 같다. 진실로 미리 마련해두지 않는다면 죽을 때까지 얻지 못할 것이다[今之欲王者, 猶七年之病求三年之艾也. 苟爲不畜, 終身不得]." 무슨 말인가? 묵은 병을 낫게 하려면 3년 묵은 약쑥이 필요하다. 처음 아팠을 때 약쑥을 뜯어 마련해두었더라면 3년 뒤에는 그 약쑥을 먹어 병을 치료할 수 있었다. 하지만 당장에 먹을 해묵은 약쑥이 없다고, 바깥에서 3년 묵은 약쑥만 찾아다니느라 7년이 지나도록 쑥은 못 찾고 병만 깊어졌다.

송나라 장재張載가 말했다.

부지런히 배우지 않는 자는 바로 7년 묵은 병에 3년 묵은 쑥을 마련해두지 않는 것과 같다. 지금의 배움에서 몇 년의 공부를 더하면 절로 이를 누림이 무궁하리라.

學之不勤者, 正猶七年之病, 不畜三年之艾. 今之於學, 加工數年, 自是享之無窮.

어떡하지 어떡하지, 발만 동동 구르면서 그에 맞갖은 준비는 하지 않는다. 효험 있는 해묵은 약쑥은 내가 마련해야지 남이 주는 법이 없다. 맹자는 이 말을 인정仁政의 비유로 썼다. 병이 중한데 약쑥이 없다. 단번에, 준비 없이는 안 된다. 이제부터 시작해도 늦지 않다. 늦었다고 생각할 때가 바로 시작해야 할 때다.

고금삼반

옛날과 지금의 세 가지 상반된 행동

|

古今三反

윤기가 〈협리한화峽裏閑話〉에서 옛사람과 지금 사람의 세 가지 상반된 행동을 뜻하는 삼반三反 시리즈를 말했다.

먼저 동진東晉 사람 치감郗鑒의 삼반은 이렇다. 첫째, 윗사람을 반듯하게 섬기면서 아랫사람이 자신의 비위 맞춰주는 것을 좋아했다. 둘째, 몸가짐은 맑고 곧았지만 계산하여 따지는 데 신경을 많이 썼다. 셋째, 본인은 책 읽기를 좋아해도 남이 학문하는 것은 미워했다.

위魏나라 왕숙王肅의 삼반도 이와 비슷했다. 첫째, 윗사람 섬기기를 방정히 했지만 아랫사람의 아첨은 좋아했다. 둘째, 몸가짐을 더럽게 하지는 않았으되 재물에는 너무 인색했다. 셋째, 성품이 부귀영화를 좋아하면서도 구차하게 영합하지는 않았다.

윤기가 나열한 지금 사람의 삼반은 이렇다.

남이 숨기고 싶은 일은 군이 끝까지 캐내려 하면서, 자기 일은 은근 슬쩍 덮는다. 말만 들으면 세속 사람보다 우뚝하여 늠름한 기세를 범할 수가 없는데, 하는 짓은 천박하고 용렬하다. 남에게는 분수도 모르고 지나치게 후하면서, 마땅히 잘해주어야 할 사람에게는 모질고 잔인하게 군다.

探覘人隱微, 必欲到底, 而於己則厭然揜之. 談論則高出世人, 凜不可犯, 而所行則賤陋庸惡. 過厚於他人, 太無分數, 而於其所當厚者則薄隘殘忍.

그보다 못난 인간들은 반대로 하는 짓이 더 많아 오반五反이다. 첫째, 목소리나 웃는 모습은 멍청하기 짝이 없으나, 말과 행실은 속임수가 교묘하고 약삭빠르다. 둘째, 나가서 남을 대할 때는 비굴하여 겁쟁이 같건만, 집에만 오면 사납게 함부로 군다. 셋째, 간사한 무리와는 끈끈하게 지내면서, 올곧은 선비는 원수처럼 미워한다. 넷째, 턱도 없는 잘못된 얘기는 대단하게 여기면서, 바른 의론은 만전萬全의 계책이건만 마이동풍馬耳東風으로 흘려듣는다. 다섯째, 재주와 학식이 없어 매사가 남만 못한데도, 스스로는 모르는 것이 없어 자기만 한 사람이 없다고 말한다.

윤기가 덧붙인다. "반反이란 모두 상반된다는 뜻이 아니라 남 보기에 그렇게 보인다는 것일 뿐이다." 아첨을 좋아하며 위를 잘 섬기고, 재물에 인색하면서 몸가짐이 깨끗할 수 있겠는가? 가까운 이에게 함부로 하면서 남에게 잘할 수 있는가? 그 나머지는 슬퍼할 뿐 나무랄 것도 못 된다.

사대사병

몸에 생기는 네 종류의 질병

|

四大四病

경흥憬興은 신라 신문왕 때 국사國師였다. 경주 삼랑사三郎寺에 머물렀다. 병을 오래 앓았는데 잘 낫지 않았다. 한 비구니가 찾아와 뵙기를 청했다. 자리에 누운 경흥에게 그녀가 말했다.

스님께서 큰 법을 깨달았다고는 하나, 사대四大를 합쳐 몸이 된 것이니 어찌 병이 없겠습니까? 병에는 네 종류가 있는데 지수화풍地水火風의 사대에서 생겨납니다. 첫째는 신병身病입니다. 풍황담열風黃痰熱, 즉 풍이나 황달, 담과 열이 나는 것입니다. 둘째는 심병心病으로 전광혼란顚狂昏亂, 즉 미치거나 정신이 혼란스러워지는 것이지요. 셋째는 객병客

病입니다. 칼이나 몽둥이에 다치는 것이니, 동작으로 과로하여 생깁니다. 넷째는 구유병俱有病으로, 기갈한서飢渴寒暑와 고락우희苦樂憂喜가 그것이지요. 그 나머지는 서로 맞물려 어느 하나가 조화를 잃으면 온갖 병이 한꺼번에 일어납니다. 지금 스님의 병은 약으로는 치료할 수가 없고, 재미나고 우스운 일을 구경해야만 나을 것입니다.

師雖悟大法, 合四大爲身, 豈能無病? 病有四種, 從四大生. 一曰身病, 風黃痰熱爲主, 二曰心病, 顚狂昏亂爲主. 三曰客病, 刀杖斫傷, 動作過勞爲主. 四曰俱有病, 飢渴寒暑, 苦樂憂喜爲主. 其餘品類, 展轉相因, 一大不調, 百病俱起. 今師之病, 非藥石所療, 若觀戲諧事則理矣.

그러더니 11가지 탈을 번갈아 쓰며 희한한 춤을 췄다. 그 우스꽝스러운 광경에 경흥을 포함해 다들 턱이 빠져라 웃는 사이 병이 거짓말처럼 나았다.

경흥이 따라가보게 하니, 그녀는 삼랑사 남쪽의 남화사南花寺 불전으로 들어가고는 홀연 사라졌다. 그녀가 짚었던 대지팡이가 절의 11면 관음상 앞에 얌전히 놓여 있었다. 《해동고승전海東高僧傳》에 나온다.

'사대'란 불교에서 만물을 구성하는 네 가지 원소로 꼽는 지수화풍을 가리킨다. 이중 어느 하나에 문제가 발생하면 신병, 심병, 객병, 구유병의 '사병四病'이 생긴다. 신체가 조화를 잃어 신병이 들고, 마음이 균형을 놓치면 심병이 된다. 몸 밖의 물건에 다쳐서 객병이 되고, 모든 것이 뒤섞여 복합적으로 작용할 때 구유병이 온다.

도를 깨달은 경흥국사 같은 큰스님도 육신의 질병만은 어쩌지 못했다. 이를 딱히 본 관음보살이 비구니로 변신해 11면 탈춤으로 묵은 병을 말끔히 낫게 해주었다.

중생이 다 아프다. 정신없이 웃다 보면 병이 낫는 해원解寃의 탈춤을 어디서 다시 만나볼까?

오과지자

법을 집행하는 관리가 살펴야 할 다섯 가지

|

五過之疵

《서경》〈여형呂刑〉 편에 법을 집행하는 관리가 살펴야 할 다섯 가지를 콕 짚어 이렇게 얘기했다. "다섯 가지 과실의 잘못은 관官과 반反과 내內와 화貨와 래來에서 말미암는다. 그 죄가 똑같으니 살펴서 잘 처리하라(五過之疵, 惟官惟反惟內惟貨惟來, 其罪惟均, 其審克之)." 주周나라 때 목왕穆王이 한 말이다.

공정한 법 집행을 왜곡하는 다섯 가지 요인 중 첫 번째는 '관'이다. 관의 위세에 눌려 법 집행에 눈치를 본다. 위의 생각이 저러하니 내가 어찌 겠는가, 하며 알아서 눈감아준다.

두 번째는 '반'이니, 받은 대로 되갚아준다는 말이다. 법 집행을 핑계 삼아 은혜와 원한을 갚는 것이다. 내게 잘해준 사람의 잘못은 덮어주고, 미운 놈은 없는 죄도 뒤집어씌워 되갚는다.

세 번째 '내'는 안의 청탁이다. 아녀자의 청탁 앞에 마음이 흔들려 냉정을 잃고 만다.

네 번째는 '화'다. 뇌물을 받아먹고 속임수를 써서 죄 없는 사람을 얽어매고, 죄 지은 자를 풀어준다.

다섯 번째는 '래'이니, 찾아와 간청한다는 의미다. 이리저리 갖은 인연을 걸어 이권으로 희롱하고 권력으로 회유한다.

윤기가 〈정상한화井上閑話〉에서 이 말을 이렇게 부연했다.

오늘날 재판을 맡은 자들은 그저 이 다섯 가지를 마음의 기준으로 삼아 사실을 따져보려고도 하지 않는다. 소송만 그런 것이 아니다. 과거와 벼슬도 다 똑같다. 과거를 주관하는 사람이나 관리를 뽑는 위치에 있는 사람은 상대가 위세가 있으면 두려워하고, 뇌물을 주면 사랑하며, 여자가 찾아오면 사사로운 정에 끌리고, 청탁을 받으면 안면에 구애되며, 덕을 입었으면 갚을 생각을 하고, 원한이 있으면 해칠 궁리를 한다.

今之聽訟者, 只以五者爲方寸之低仰, 不待索言. 而不特訟獄爲然, 科與宦皆然. 科人官人者, 威勢則畏之, 賄賂則愛之, 女謁則牽於偏私, 干請則拘於顔面, 德則思所以酬之, 怨則思所以極之.

윤기가 다시 말한다.

이 다섯 가지 가운데서도 위세와 뇌물이 특히 심하다. 뇌물의 경우

위세보다 더욱 심하다. 이 때문에 또 '옥사를 맡은 자는 위세를 부린 자에게 그치지 말고 뇌물을 준 부자에게도 끝까지 법을 적용해야 한다'고 했다. 이는 부자에게 법을 끝까지 적용하는 것이 가장 어렵다는 말이다.

五者之中, 威勢與賄賂爲甚. 而賄賂又尤甚於威勢. 故又曰: '典獄非訖于威, 惟訖于富.' 此言其訖于富之最難也.

주나라 때 하던 걱정이 이제껏 이어지는 것은 놀랍지도 않다.

5월 6일에 잡은 두꺼비

|

六日蟾蜍

서거정이 시 〈술회述懷〉에서 노년의 서글픔을 이렇게 노래했다.

　씩씩하던 모습에 흰머리 더해가고
　공명은 어긋나서 병마저 더해지네.
　때 어긋나 3년 쑥은 구할 방법 아예 없고
　세상과 안 맞기는 6일 두꺼비 짝이로다.
　강가로 돌아가고픈 맘 죽처럼 끈끈하니
　세간의 풍미는 소금보다 덤덤하다.
　시 지어 흥 풀려다 도리어 빌미 되어

한 글자 옳게 놓으려다 수염 몇 개 끊었다오.

矍鑠容顏白髮添　功名蹭蹬病相兼
乖時無及三年艾　違世方成六日蟾
江上歸心濃似粥　世間風味淡於鹽
詩成遣興還堪崇　一字吟安斷數髥

한때는 노익장의 기염을 토했는데, 갈수록 세상과 어긋나더니 다 던져버리고 돌아가고픈 마음만 가득하다는 말이다. 3, 4구의 '3년 쑥'과 '6일 두꺼비'는 고사가 있다. 3년 쑥은 《맹자》에서 "오늘날 왕 노릇 하려는 자는 7년 된 병에 3년 묵은 약쑥을 구하려는 것과 같다. 진실로 미리 마련해두지 않는다면 죽을 때까지 얻지 못할 것이다"라고 했다.

육일섬서六日蟾蜍, 즉 '6일 두꺼비'는 《세시기歲時記》에 나온다. "1만 년 묵은 두꺼비를 육지肉芝라고 한다. 이것을 5월 5일에 잡아서 말려 몸에 지니고 다니면 다섯 가지 병기兵器를 물리치는 효험이 있다. 하지만 6일에 잡은 것은 쓸모가 없다"고 했다. 그 귀한 두꺼비도 단옷날인 5월 5일에 잡아 그늘에서 말린 것이라야지, 6일에 잡은 것은 아무 효력이 없다.

서거정은 〈단오 다음 날(端午翼日)〉의 3, 4구에서도 "3년 묵은 쑥을 구하려다가, 6일의 두꺼비가 되고 말았네(欲覓三年艾, 眞成六日蟾)"라고 했다. 3년 묵은 쑥을 찾는 동안 7년 고질이 되었다. 앓던 첫해에 쑥을 캐서 말려두었더라면 진작 나았을 일이다. 단옷날에 맞춰 두꺼비를 잡아 말렸으면 내 몸을 지켜주는 든든한 호신부護身符가 되었을 텐데, 단 하루가 늦어 일을 그르치고 말았다.

오자칠사

내가 미워하는 일곱 가지

|

惡者七事

어느 날 공자와 제자 자공子貢이 한가한 대화를 나눴던 모양이다.

"선생님께서도 미워하는 게 있으실까요?" "있다마다. 남의 잘못에 대해 떠들어대는 사람(稱人之惡者), 아래에 있으면서 윗사람을 헐뜯는 자(居下流而訕上者), 용감하지만 무례한 사람(勇而無禮者), 과감하나 앞뒤가 꼭 막힌 자(果敢而窒者)를 나는 미워한다."

"너는 어떠냐?" 자공이 대답한다. "저도 있습니다. 남의 말을 가로채 알고 있던 것처럼 하는 자(徼以爲知者), 불손한 것을 용맹으로 여기는 자(不孫以爲勇者), 남의 잘못 들추는 것을 정직하다고 생각하는 자(訐以爲直者)가 밉습니다."

스승은, 제 잘못이 하늘 같은데 입만 열면 남을 헐뜯는 사람, 제 행실은 형편없으면서 윗사람을 욕하는 사람을 밉다고 했다. 또 무례하게 용감하고, 앞뒤 없이 과감한 자도 싫다고 했다. 압축하면 남 욕하는 사람, 뭣도 모르고 날뛰는 사람이 싫다고 말씀하신 것이다. 제자는, 약삭빠르고 잘난 체하는 사람, 건방진 것과 용기를 구분 못하는 자, 고자질을 정직과 혼동하는 자가 가장 밉다고 대답했다. 스승이 네 가지, 제자가 세 가지, 합쳐서 일곱 종류의 미워할 만한 인간형이 나열되었다.

홍석주洪奭周(1774~1842)가 아우 길주吉周와 이야기를 나누다가《논어》〈양화陽貨〉편에 나오는 이 대목을 화제에 올렸던 모양이다. 홍석주가 말했다. "이 일곱 가지 중에는 종종 후세의 군자들이 스스로 명예와 절개가 된다고 뽐내는 것들이 있지." 또 말했다. "이 일곱 가지 미운 일은 하나하나가 예전 어떤 사람과 꼭 판박이 같군그래."《수여난필睡餘灡筆》에 나온다.

다산은《논어고금주論語古今註》에서 원문의 '거하류居下流'를 "덕과 재주도 없으면서 몸이 비천하기가 마치 시궁창 같은 것을 말한다(謂無德藝, 身卑如汚渠)"고 풀이했다. 또 "남의 악에 대해 말하는 것은 마음이 험한 것이고, 하류에 있으면서 윗사람을 헐뜯는 것은 질투다(稱人之惡者, 險也. 居下流而訕上者, 妬也)"라고 덧붙였다.

제 허물은 못 보고 남 말하는 것이 늘 문제다. 비방과 솔직을 착각하는 사람이 의외로 많다. 무식한데 용감하기까지 하면 답이 없다. 입단속이 먼저다.

훼인칠단

남을 헐뜯는 일곱 가지 단서

|

毁人七端

남을 베고 찌르는 말이 난무한다. 각지고 살벌하다. 옳고 그름을 떠나 언어의 품위가 어쩌다 이렇게 땅에 떨어졌나 싶다.《칠극》권6의 〈남을 해치는 말을 경계함(戒讒言)〉 조를 읽어본다.

남을 헐뜯는 데 일곱 가지 단서가 있다. 까닭 없이 남의 가려진 잘못을 드러내는 것이 첫째다. 듣기 좋아하는 것이 둘째다. 까닭 없이 전하고, 전하면서 부풀리는 것이 셋째다. 거짓으로 증거 대는 것이 넷째다. 몰래 한 선행을 인정하지 않는 것이 다섯째다. 드러난 선행을 깎아 없애는 것이 여섯째다. 선을 악이라 하는 것이 일곱째다. 그 해로움은 모두 같다.

毁人有七端. 無故而露人陰惡一. 喜聞二, 無故而傳, 傳而增益三. 誣証四, 不
許陰善五, 消明善六, 以善爲惡七. 其害俱等.

남을 비방하려고 잘못을 부풀리고, 과장해서 보태며, 거짓으로 증거 대
고, 좋은 점을 깎아내려, 사실을 호도하고 진실을 왜곡한다. 한번 이 덫에
걸리면 헤어날 길이 없다.

귀 기울일 만한 짤막한 잠언 몇 구절.

비방을 지어내는 사람은 돼지와 같다. 발을 두어야 할 곳에 입을 두
기 때문이다.

造毁者如豕. 置足焉卽置口矣.

남을 헐뜯는 사람은 뱀과 같다. 마주 보면 두려워 피하면서, 돌아서
면 나아가 문다. 뱀은 구불구불 간다. 남을 비방하는 사람도 한가지다.
처음엔 좋은 말을 하면서 질투하는 마음을 가려 남의 신뢰를 얻고, 나
중에는 못된 훼방을 더해 남의 선한 소문을 더럽힌다.

毁人者如蛇. 面之畏而避, 背之進而噬. 蛇曲行, 毁人者亦然. 始作好言, 掩其
妬志, 以取人信. 訛加惡毁, 汚人善聞.

남을 헐뜯는 사람은 독사보다 해롭다. 뱀이 한번 깨물면 한 사람이
다치지만, 헐뜯는 자는 한마디 말로 세 사람을 다치게 한다. 자기 자신
이 하나, 듣는 자가 하나, 헐뜯음을 당하는 자가 하나다.

毀人者虐於毒蛇. 蛇一螫, 傷一人. 毀者一言, 傷三人. 己一, 聞者一, 受毀者一.

비방을 만들어내는 사람은 남의 드러난 덕을 가려 남이 의심하게 만들어서 다시는 그를 사모하지 못하게 한다. 남이 감춰둔 것을 가늠해 다른 사람이 보게끔 하고 또 미혹시켜 이를 따르게 한다.

造毀者, 掩人之顯德, 使人疑之, 不復慕之. 計人之隱匿, 令人見之, 又惑以從之.

자신을 돌아보기에도 바쁜 세상에, 이래도 남을 헐뜯고 비방할 텐가?

각병팔법

질병을 물리치는 여덟 가지 방법

|

却病八法

이수광이《지봉유설芝峯類說》에서 인용한 '병을 물리치는 여덟 가지 방법〔却病八法〕'을 소개한다.

첫째, "고요히 앉아 허공을 보며 모든 것을 비춰보면, 생사시비와 이해득실이 모두 망령되어 참이 아니다〔靜坐觀空, 照見一切, 生死是非, 利害得失, 皆妄非眞〕". 망집妄執을 버려 참됨을 깨달아라.

둘째, "번뇌가 앞에 나타나 떨쳐버릴 수 없거든, 한 가지 통쾌한 일을 찾아서 툭 놓아버린다. 이른바 경계를 빌려 마음을 조절하는 것이다〔煩惱見前, 不能排遣, 宜尋一暢快事, 令其釋然. 所謂借境調心〕". 번뇌를 풀어 마음의 균형을 유지하라.

셋째, "언제나 나만 못한 것을 가지고 스스로 좋게 여겨 느긋하게 풀어준다(常將不如我者, 巧自寬解)". 위쪽만 보면 답이 없다. 나만 못한 처지를 생각하는 여유를 지녀라.

넷째, "조물주는 나를 힘들게 해서 살린다. 병을 만나 한가롭게 지내면 도리어 경사스럽고 다행스러운 일이 생긴다(造物勞我以生. 遇病稍閑, 反生慶幸)". 엎어진 김에 쉬어가고, 병을 원수가 아닌 벗으로 삼아라.

다섯째, "날마다 대나무와 바위, 물고기와 새를 친구 삼아 언제나 초탈하여 자득하는 운치를 지닌다(日與竹石魚鳥相親, 常有翛然自得之趣)". 자연을 벗 삼아 여유와 생기를 간직하라.

여섯째, "추운 계절에는 바람을 조심하고, 음식과 기욕嗜慾은 담박하게 하며, 생각과 염려는 줄인다. 가고 머물고 앉고 누움에 오로지 내 마음에 맞기만을 기약한다(愼風寒節, 飮食嗜慾澹泊, 思慮減少. 行住坐臥, 惟期適適)". 찬바람을 조심하고 음식은 담백하게 먹고 생각은 적게 하여 쾌적함을 유지하라.

일곱째, "좋은 벗과 친한 친구를 찾아서 마음을 활짝 열어 세속을 벗어난 이야기를 나눈다(覓高朋親友, 講開懷出世之譚)". 벗과의 상쾌한 대화로 마음의 찌꺼기를 걷어내라.

여덟째, "병을 괴로워 말고, 죽음을 근심치도 말라. 언제나 마음을 느긋하고 평온하게 갖고 회포를 시원스럽게 품기를 기약한다(無以病爲苦, 無以死爲患. 常令胸次寬平, 襟期洒落)". 병에 찌들어 죽음의 공포에 짓눌리지 말고 시원스러운 생각을 품어라.

이수광이 한마디를 보탰다. "이 말대로 행한다면 병을 물리칠 뿐 아니라, 양생하여 수명을 늘리는 으뜸가는 약이 될 것이다."

음주십과

술로 인해 생기는 열 가지 허물

|

飮酒十過

이수광이 《지봉유설》에 쓴 술에 대한 경계를 읽어본다.

술이 독이 됨이 또한 심하다. 평상시 내섬시內贍寺의 술 만드는 방은
기와가 썩어서 몇 년에 한 번씩 갈아준다. 참새조차 그 위로는 감히 모
여들지 않는다. 술기운이 쪄서 올라오기 때문이다. 내가 세상 사람을
보니, 술에 빠진 사람치고 일찍 죽지 않는 경우가 드물다. 비록 바로 죽
지는 않더라도 또한 고질병이 된다. 그 밖에 재앙을 부르고 몸을 망치
는 것은 일일이 꼽을 수조차 없다. 어떤 이는 술이 사람을 상하게 하는
것이 여색보다 심하다고 하니, 맞는 말이다.

酒之爲毒亦甚矣. 平時內瞻寺造酒之室, 蓋瓦腐朽, 每數年一易. 烏雀不敢集
其上, 以酒氣熏蒸故也. 余見世之人縱飮者, 鮮不夭死. 雖不卽死, 亦成廢病. 其
他招禍喪身者, 不可悉數. 或言酒之傷人, 甚於色, 信矣.

내섬시는 대궐에서 필요한 술을 만들어 조달하는 관청이다. 술기운이
어찌나 독한지, 술 만드는 건물의 기와가 몇 년을 못 견뎌 썩어나갈 지경
이다. 그 독한 기운을 몸속에 들이붓는데 몸이 어찌 견디겠는가?

《양생기요養生紀要》에서 말했다. "저녁에는 크게 취하면 안 된다〔暮無大
醉〕." 또 말했다. "밤중에 취하는 것은 어떻게든 막아야 한다〔再三防夜醉〕."
이수광의 풀이는 이렇다. "술의 독이 머물러 모여 사람의 오장육부를 해
칠까 염려하는 것이다."

불경에서 인용한, 술로 인한 열 가지 허물을 나열한 내용이 특히 흥미
롭다. 첫째, 안색이 나빠진다〔顏色惡〕. 둘째, 힘이 없어진다〔少力〕. 셋째, 눈
이 어두워진다〔眼不明〕. 넷째, 성내는 꼴을 본다〔見嗔相〕. 다섯째, 농사일을
망친다〔壞田業〕. 여섯째, 질병을 더한다〔增疾病〕. 일곱째, 싸워 소송하는 일
을 더한다〔益鬪訟〕. 여덟째, 악명을 퍼뜨린다〔惡名流布〕. 아홉째, 지혜를 줄
어들게 만든다〔智慧減〕. 열째, 몸을 망가뜨려 마침내 여러 악의 길로 빠뜨
린다〔壞身命, 終墮諸惡道〕.

과음으로 낯빛이 나빠지고 힘이 빠지거나 시력이 떨어지는 것은 남에
게 주는 피해는 없다. 술을 오래 마시면 병들어 몸을 망치고 분별력을 잃
는다. 술은 광약狂藥이다. 멀쩡하다가도 술만 들어가면 정신줄을 놓고 미
쳐 날뛴다. 순하던 사람이 까닭도 없이 주먹질을 하고, 도로를 역주행해
인명을 살상한다. 다음 날 일어나면 내가 무슨 짓을 했는지 도무지 생각

이 안 난다. 직장에서 쫓겨나고 재판에 불려다니다가 감옥에 가서 인생을
망치기까지 한다. 술이 안기는 해악이 이러한데도 술에 절어 술기운만으
로 기염을 토하니 민망하다.

작관십의

공직자가 지녀야 할 열 가지 마음가짐

|

作官十宜

송나라 진록이 엮은 《선유문》에 공직자가 지녀야 할 열 가지 마음가짐을 적은 '작관십의作官十宜'란 글이 있다.

첫 번째는 '백성의안百姓宜安', 즉 백성을 편안하게 해주는 것이다. 위정자는 백성의 삶을 안정시키는 데 최우선 가치를 두어, 다른 생각 없이 생업에 종사할 수 있도록 해야 한다.

두 번째는 '형벌의생刑罰宜省'이다. 법 집행의 엄정함을 보여주되, 형벌은 백성의 편에 서서 덜어줄 것을 생각한다.

세 번째는 '세렴의박稅斂宜薄'이다. 세금은 과도하게 거두지 않아 백성의 부담을 덜어주려는 자세를 가져야 한다.

네 번째는 '원억의찰冤抑宜察'이다. 혹여 백성이 억울하고 원통한 경우를 당하지는 않는지 꼼꼼히 살펴, 세상과 정치에 대해 분노를 품지 않도록 배려한다.

다섯 번째는 '추호의간追呼宜簡'이다. '추호'는 아전이 들이닥쳐 세금을 독촉하고 요역徭役에 응하라고 윽박지르는 것을 말한다. 행정명령은 가급적 간소화하는 것이 좋다.

여섯 번째는 '판결의심判決宜審'이다. 송사 판결은 공정한 잣대로 면밀히 살펴 양측이 모두 납득할 수 있는 판단을 내려야 한다. 편을 가르거나 사정私情이 끼어들면 안 된다.

일곱 번째는 '용도의절用度宜節'이다. 재정은 한 푼이라도 더 절약하고 절제하는 것이 마땅하다. 제 돈 아니라고 흥청망청 쓰거나 공연한 선심을 베풀어도 안 된다.

여덟 번째는 '흥작의근興作宜勤'이다. 기쁘고 좋은 일로 신이 나도, 흥청대기보다 더욱더 조심하고 삼가야 한다.

아홉 번째는 '연회의계살燕會宜戒殺'이다. 잔치모임에서는 살생을 경계하는 것이 마땅하다. 화락한 자리에 살기가 감돌면 화기和氣를 해친다.

열 번째는 '사환의예방思患宜豫防'이다. 우환이 걱정되면 미리 방비하는 것이 옳다. 일에 닥쳐 허둥대면 이미 늦다.

끝에 덧붙인 한마디. "이 열 가지 마땅함을 지키면, 다스림의 도리는 끝난다(守此十宜, 治道盡矣)."

처
세
십
당

마땅히 갖춰야 할 열 가지 처세법

|

處世十當

　《선유문》의 〈초연거사육법도〉에 '처세십당處世十當', 즉 처세에 있어 마땅히 갖춰야 할 열 가지 태도를 제시했다.

　첫째는 '습기당제習氣當除'다. 습기는 오래도록 되풀이하다 보니 나도 모르게 젖어든 좋지 않은 버릇이다. 무의식중에 되풀이하는 좋지 않은 버릇은 끊어 제거해야 한다.

　둘째는 '심행당식心行當息'이다. 마음과 행실은 차분히 내려놓아야 한다. 바쁘게 열심히 살더라도 가라앉혀서 평온한 상태를 유지하는 것이 필요하다.

　셋째는 '제악당단諸惡當斷'이다. 나쁜 생각, 악한 행동, 못된 습벽은 단

호하게 결단해서 딱 끊어야 한다.

넷째는 '중선당행衆善當行'이다. 좋은 말을 하고 착한 일을 하며 남과 나누는 삶을 산다. 내가 해서 기쁘고 상대가 받아 즐거울 일을 하나씩 실행에 옮긴다.

다섯째는 '오욕당감五慾當減'이다. 오감五感이 부추기는 욕망의 길을 따라가다 절제를 잃어 명예를 잃고 나락에 떨어진다. 식욕과 성욕, 그 밖의 여러 물욕을 줄여나가지 않으면 안 된다.

여섯째는 '삼업당정三業當淨'이다. 삼업은 몸으로 짓는 신업身業, 입으로 짓는 구업口業, 생각으로 짓는 의업意業이다. 이 세 가지로 쌓는 업을 돌아봐 씻어내야 한다.

일곱째는 '영만당외盈滿當畏'다. 가득 차서 넘치는 것을 두려워해야 한다. 분수에 넘치는데도 자제할 줄 모르면 그 끝에 파멸이 기다린다.

여덟째는 '위난당구危難當救'다. 어렵고 힘든 처지에 놓인 사람을 보면 마땅히 구해주어야 한다. 그래야 내게 덕이 쌓이고 누릴 복이 생긴다.

아홉째는 '선사당성취善事當成就'다. 착한 일, 좋은 일에 기꺼이 힘을 보태 성취할 수 있도록 도와주어야 한다.

열째는 '위인당갈력爲人當竭力'이다. 남을 위해서는 마땅히 힘을 다해야 한다. 도와주는 척 시늉이나 하고 마음이 움직이지 않으면 처음의 선의가 무색하다.

끝에 붙인 말. "이 열 가지 마땅함을 지킨다면, 살고 죽음에 부끄러움이 없다(守此十當, 生死無愧)." 나쁜 버릇과 헛된 욕심을 내려놓고, 좋은 일 많이 하고 착한 생각을 하면서 남 도우며 살자.

석
원
이
평

원망을 풀어 평온을 찾자
|
釋怨而平

　동네 영감 둘이 심심풀이로 내기 장기를 두었다. 한 수를 물리자고 실랑이를 하던 통에 뿔이 나 밀었는데, 상대가 눈을 허옇게 뒤집더니 사지를 쭉 뻗고 말았다. 온 동네가 발칵 뒤집어졌다. 졸지에 살인자가 된 영감은 기가 막혀 넋을 놓았다. 집에 있던 두 아들도 얼이 빠져 어찌할 바를 몰랐다.

　밖에서 소식을 듣고 셋째가 달려왔다. "이 일을 어찌하면 좋으냐?" 셋째는 제 아비를 나오래서 기둥에다 동여 묶더니 횡하니 나갔다. 잠시 후 죽은 이의 큰아들을 끌고 와 묶인 제 아비 앞에 세웠다. "자, 죽여라." "?!" "네 아비를 죽인 원수가 아니냐? 어서 죽여라." "그럼 어떻게 되는

데?" "어떻게 되긴? 우리 아버지가 네 아버질 죽였으니, 너는 우리 아버질 죽이고, 그러면 네가 우리 아버질 죽였으니까 너 세 발자국 떼기 전에 내가 너를 죽이고. 너는 장가들어 아들이 있지? 그놈이 자라면 나를 죽이고, 그러는 거지 뭐." "아저씨, 들어가세요. 우리 아버지가 돌아가실 분이어서 그랬지 아저씨가 뭘 어떻게 하셨다고요." 그래서 이 사건은 없던 일로 처리되었다. 이훈종 선생의 《오사리 잡놈들》에 나오는 이야기다.

"임금과 아비의 원수는 함께 하늘을 이고 살 수가 없다(君父之讐, 不共戴天)"는 말을 두고 풀이하는 사람이 복수는 5대까지 다해야 한다고 하자, 5대 아니라 백대까지도 원수는 갚아야 한다고 했다. 이익李瀷(1681~1763)은 《성호사설星湖僿說》의 〈백세보구百世報仇〉 조에서 이렇게 풀이했다. "비록 어버이와 자식 사이가 분명해도 그의 죄가 아니라면 군자가 혹 이것을 되갚지 아니하는 것인데, 하물며 백세의 뒤에 문득 그 선조의 선악이 어떠하였는지도 잘 알지 못하면서 졸지에 찾아가 죽이는 이 같은 이치는 없을 듯하다." 호씨胡氏는 《춘추》에 단 주석에서 앞서의 논의에 대해 "세대가 바뀐 뒤에는 원망을 풀어 화평함이 옳다(易世之後, 釋怨而平可也)"고 주를 달았다.

털고 보니 참 어처구니없는 세상을 살아왔다 싶다. 큰 잘못은 원래 자리로 돌려놓는 것이 백번 옳다. 시시콜콜한 지난 잘못까지 일일이 다 꺼내 바로잡자면 문제가 더 꼬인다. 뒤만 돌아보느라 정작 발등에 떨어진 불을 못 보면 어쩌는가?

야행조창

밤중에 행한 일이 아침에 드러난다

|

夜行朝昌

아전이 밤중에 수령을 찾아와 소곤댄다. "이 일은 아무도 모르는 비밀입니다. 소문이 나면 자기만 손해인데 누가 퍼뜨리려 하겠습니까?" 수령은 그 말을 믿고 뇌물을 받아 챙긴다. 아전은 문을 나서자마자 관장이 뇌물 먹은 사실을 떠들고 다닌다. 경쟁자를 막기 위해서다. 소문은 금세 쫙 퍼져, 깊이 들어앉은 수령만 모르고 다 안다. 《목민심서牧民心書》〈율기律己〉에 나오는 이야기다. 글의 제목은 '뇌물을 줄 때 비밀로 하지만, 한밤중에 준 것이 아침이면 이미 드러난다〔貨賂之行, 誰不秘密, 中夜所行, 朝已昌矣〕'이다.

한나라 때 양진楊震이 형주자사가 되었다. 창읍昌邑 태수 왕밀王密이 밤중에 황금 10근을 품고 와서 주며 말했다. "어두운 밤이라 아는 사람이 없습니다." 양진이 대답했다. "하늘이 알고, 귀신이 알고, 내가 알고, 그대가 아는데 어찌 아는 사람이 없다 하는가(天知神知我知子知, 何謂無知)?"《후한서後漢書》에 나온다.

명나라 여곤이《신음어》에서 말한다.

어두운 밤이라 아는 이가 없다(暮夜無知)는 네 글자는 온갖 악행의 뿌리다. 큰 간사함과 큰 도적이 모두 아는 사람이 없다는 마음에서부터 커져나간 것이다. 천하의 큰 악행에는 단지 두 종류가 있다. 속여서 아는 이가 없게 하는 것과 아는 이가 있어도 거리끼지 않는 것이 그것이다. 속여서 아는 이가 없게 함은 그래도 꺼리는 마음이 있는 것이니, 이것은 진실과 거짓의 관문이다. 남이 아는 것을 두려워하지 않음은 거리끼는 마음조차 없는 것이어서, 이는 삶과 죽음의 관문이다. 오히려 두려움이 있음을 아는 것은 양심이 아직 죽지 않은 것이다.

暮夜無知此四字, 百惡之總根也. 大奸大盜皆自無知之念充之. 天下大惡只有二種. 欺無知, 不畏有知. 欺無知, 還是有所忌憚心, 此是誠僞關. 不畏有知, 是個無所忌憚心, 此是死生關. 猶知有畏, 良心尙未死也.

'아무도 본 사람이 없는데, 누가 알겠어?' 이 생각이 간악한 큰 도둑을 만든다. 여기에도 남이 알까 봐 속임수를 쓰는 기무지欺無知와, 남이 알아도 겁날 것 없다는 불외유지不畏有知의 두 등급이 있다. 전자는 그래도 양심이 조금은 남았지만, 후자로 넘어가면 눈에 뵈는 게 없어 물불을 가리지 않다가 패망으로 끝이 난다.

콩 수를 세어 하루를 점검하다

|

以豆自檢

　조선 후기에 공과격功過格 신앙이 유행했다. 공功과 과過를 조목별로 점수 매기고, 격格 즉 빈칸에 날마다 자신의 공과를 하나하나 적어나간다. 날과 달로 나눠 점수를 계산해 연말에 총점을 매긴다. 그 결과만큼의 화복이 주어지고 수명이 늘거나 준다고 믿었다. 공과격의 실천으로 복을 받고 장수한 성공 사례들도 《태상감응편太上感應篇》,《선음즐문善陰騭文》,《공과격》같은 도교 계통의 권선서勸善書에 함께 담겨 널리 읽혔다.

　1905년, 을사오적의 한 사람인 권중현權重顯이 《공과신격功過新格》이라는 책을 펴냈다. 이듬해에는 보급용으로 《공과신격언해》까지 간행해 무료로 배포했다. 왜 그랬을까? '공'의 항목 중 가장 점수가 높은 것이 선서

善書를 간행해 무료로 배포하는 것이었기 때문이다. 무려 100점이었다. 나눠준 책 수에 100을 곱하면 어떤 악행을 덮고도 남았다. 나라를 팔아먹고 받은 은사금을 떼어 책을 펴내서 제 죄를 상쇄하는 보험을 들었던 셈이다. 남의 굶주림을 구제해주거나 다리를 놓는 것이 고작 1점이고 보면, 100점 받기가 정말이지 쉽지 않다. 반대로 여자의 정조를 유린하는 것은 벌점이 100점이다. 상습범일 경우 어떤 선행으로도 만회가 거의 불가능하다.

송나라 때 조숙평趙叔平은 평생 고결한 행실로 세상의 기림을 받았다. 그의 책상에는 그릇 세 개가 놓여 있었다. 하나에는 흰콩을, 다른 하나에는 검은콩을 담았다. 가운데에는 빈 그릇을 놓았다. 착한 생각이 일어나면 흰콩 하나를 가운데 그릇에 담고, 삿된 생각이 일면 검은콩 하나를 담았다. 매일 밤 가운데 그릇에 담긴 콩의 수를 세어 하루를 점검했다. 처음엔 검은콩이 더 많더니, 점점 흰콩의 수가 늘어나, 나중에는 흰콩만 남았다. 흰콩과 검은콩으로 자신을 점검한(以豆自檢) 이야기다. 이현석李玄錫이 숙종에게 올린 상소에 이 일을 권한 대목이 나온다.

착한 일, 좋은 생각만 하며 살기에도 벅찬 세상이다. 입으로는 온갖 고상한 소리, 거창한 말만 하면서, 속으로는 남 해칠 궁리 아니면 여자 건드릴 속셈뿐이다. 그들도 권중현처럼 뭔가 믿는 구석이 있었겠지만, 결국은 천고에 더러운 이름만 남았다.

이쪽 말이 맞지만 저쪽 말도 틀리지 않다

|

兩非近訕

홍문관에서 학을 길렀다. 숙직하던 관원이 학의 꼬리가 검다 하자, 다른 이가 날개가 검다고 하는 통에 말싸움이 났다. 늙은 아전을 심판으로 불렀다. "저편의 말씀이 진실로 옳습니다. 하지만 이편도 틀린 것은 아닙니다[彼固是, 此亦不非]." 무슨 답이 그런가 하고 더 시끄러워졌다. 대답이 이랬다. "학이 날면 날개가 검고, 서 있으면 꼬리가 검지요." 학의 검은 꼬리는 실제로는 날개의 끝자락이 가지런히 모인 것이었다. 그의 설명을 듣고 다들 우스워서 데굴데굴 굴렀다.

후한後漢 말기 사마휘司馬徽가 형주荊州에 살 때 이야기다. 유표劉表가 어리석어 천하가 어지러워지겠으므로, 그는 물러나 움츠려 지내며 스스로를 지킬 생각을 했다. 남들과 얘기할 때 자기 생각을 말하지 않고 '좋다'는 말만 했다. 그의 아내가 퉁을 주었다. "어째 따져 보지도 않고 다 좋다고만 하우?" 사마휘가 대답했다. "자네 말이 또한 대단히 좋네."

황희黃喜(1363~1452) 정승도 이와 비슷한 일화가 전한다. 이런 얘기도 있다. 한번은 누가 와서 "삼각산이 무너졌답니다"라고 했다. 황희가 "너무 높고 뾰족해서 그랬겠지" 하고 대답했다. 잠시 뒤 "아니랍니다"라고 하자, 그가 또 심드렁하게 말했다. "그 기세가 좀 완전하고 굳세던가?" 더 따지지도 않았다.

이익이 《성호사설》〈어묵語默〉에서 위 이야기를 제시하며 말했다.

어떤 일을 의논할 때 둘 다 그르다고 하는 것은 비난에 가깝고, 둘 다 옳다고 하면 아첨에 가깝다. 시비를 바르게 분간하기 어렵거든 아첨하느니 차라리 비난하는 것이 낫다. 하지만 어지러운 나라에 살면서 일에 대해 판단할 때 꼼꼼히 헤아리지 않는다면 재앙을 불러들이고 만다. 이 때문에 침묵이 귀한 것이다.

言議, 兩非近乎訕, 兩是近乎諛. 如不得是非之正, 與其諛也寧訕. 然居亂邦, 應接事物, 樞機不密, 禍之招也. 故嘿之爲貴也.

침묵하면 비겁하다 하고, 의견을 내면 그 즉시 비난한다. 이쪽 말이 맞지만 저쪽 말도 틀리지 않다. 그렇다고 두루뭉수리로 구렁이 담 넘어가듯 해서야 되겠는가마는, 일마다 시시비비를 갈라 끝장을 봐야 직성이 풀리니, 세상에 싸움 잘 날이 없다.

이입도원

무심코 하는 한마디에 그 사람이 보인다

|

移入桃源

송나라 때 정위丁謂가 시에서 말했다.

아홉 겹 대궐 문이 활짝 열리니
마침내 팔 저으며 들어가리라.
天門九重開　終當掉臂入

시를 본 왕우칭王禹偁이 말했다. "나라 문에 들어갈 때는 몸을 숙이고
들어가야 하거늘, 대궐 문의 안쪽을 어찌 팔뚝을 휘두르며 들어간단 말
인가? 이 사람은 임금을 섬김에 반드시 충성스럽지 못할 것이다." 정위는

당당한 포부로 호기롭게 들어간다는 뜻으로 한 말이었지만, 무심코 한 말 속에 평소의 본심이 드러났다. 그는 재상에 올랐으나 간신으로 이름을 남겼다.《언행휘찬》에 보인다.

지사知事 벼슬을 지낸 김원金鏇이 춘천 살 때 일이다. 살림이 가난해 세금을 날짜에 맞춰 낼 형편이 못 되었다. 춘천부사에게 글을 올려 납기를 늦춰달라고 청했다. 글을 본 부사가 장난으로 답글을 써보냈다. "나라에 내야 할 세금을 못 내겠거든, 무릉도원을 찾아 들어가면 된다(若欲不納王稅, 移入桃源可也)."《파적파적破寂破寂》에 나온다.

한나라 때 어부가 물 위로 떠내려온 복사꽃을 따라 무릉도원에 들어갔다. 그곳에는 진나라의 학정虐政을 피해 숨어든 사람들이 평화롭게 살고 있었다. 그들은 진나라가 오래전에 망한 줄도 모르고 있었다. 이후 무릉도원은 유토피아의 한 상징이 되었다.

부사의 답장을 본 김원은 분노했다. 그는 다시 종의 이름을 빌려 소장을 올렸다. 거기에 이렇게 썼다. "지금은 태평성대라 격양가擊壤歌의 가락이 있으니, 진나라 백성처럼 포학한 정사를 피해 달아날 뜻이 없는데, 성명聖明한 세상에서 무릉도원 이야기가 어찌하여 나온단 말인가?" '부사는 지금이 진시황의 학정에 못 견딘 백성들이 무릉도원을 찾아들던 그 시절과 같다는 얘기인가?' 하고 힐난한 것이다. 자신의 망발을 깨달은 부사가 정신이 번쩍 들어 직접 김원의 집까지 찾아가서 정식으로 사과했다.

아 다르고 어 다른 것이 사람의 말이다. 무심코 하는 말에 그 사람의 값과 무게가 드러난다. 위치가 있는 사람은 더더욱 언행을 삼가지 않아서는 안 된다. 내키는 대로 말하고, 생각 없이 얘기하면 자신이 욕되는 데 그치지 않고, 자신이 속한 조직까지 망신스럽게 된다.

약
교
지
도

말과 낯빛으로 그 마음을 헤아린다

|

約交之道

　유비의 처소에 손님이 왔다. 거침없는 담론이 시원시원해서 유비가 넋을 놓고 들었다. 제갈량이 불쑥 들어서자, 손님은 화장실을 다녀오겠다며 일어섰다. 유비가 제갈량에게 객에 대한 칭찬을 잔뜩 늘어놓았다. 제갈량이 대답했다. "제가 손님을 잠깐 살펴보니, 낯빛이 흔들리고 마음에 두려워하는 기색이 있었습니다. 시선을 내리깔고 곁눈질도 자주 하더군요. 삿된 마음을 안으로 감추고는 있지만 간사한 형상이 이미 밖으로 새어나옵니다. 틀림없이 조조가 보낸 자객일 것입니다." 정신이 번쩍 든 유비가 급히 사람을 보내 그를 잡아오게 했다. 그는 벌써 담장을 뛰어넘어 달아난 뒤였다. 《언행휘찬》에 나온다.

명나라 왕달은 《필주》에서 약교지도約交之道, 즉 교유를 맺는 방법에 대해 설명했다. 그 방법은, 첫째 그 말을 살피고〔察其言〕, 둘째 그 낯빛을 관찰하며〔觀其色〕, 셋째 그 마음을 헤아려본다〔究其心〕는 것이다. 어떤 사람이 있다고 치자. 그 말이 몹시 달콤할 경우 덜컥 믿으면 안 된다. 그 낯빛이 지나치게 온화해도 그것만으로는 믿기가 어렵다. 그 마음을 살펴서 그 낯빛과 같고 언어와 합치하는지를 살펴야 한다. 이 세 가지가 일치하면 그는 정직하고 충후한 사람이다. 이런 사람과는 교유해도 후회할 일이 없다.

그 반대는 어떠한가?

말을 할 듯하다가 말하지 않고, 갈고리나 차꼬 같은 노림수를 감춘다. 웃으려다가 웃지 않고 꾹 참아 멈추는 뜻을 머금는다. 이런 사람은 틀림없이 간사한 사람이다. 이를 통해 그 마음을 알 수 있으니, 나와 사귀고자 한들 되겠는가? 멀리하는 것이 옳고 거리를 두는 것이 옳다. 마음으로 사귀어서는 안 된다.

其有欲言不言, 而藏鉤鉗之機. 欲笑不笑, 而含押闔之意. 此必奸人也. 由是而知其心矣. 欲與我交其可哉? 遠之可也, 敬之可也. 交乎心則不可也.

말할 듯 머금거나 웃으려다 정색을 하는 것은 속셈을 감추려는 행동이다. 꿍꿍이가 있으면 말과 행동이 부자연스럽다. 상대의 눈을 바로 보지 못하고 흔들린다. 몸짓과 표정을 과장한다. 듣기 좋은 말만 하는 사람은 위험하다. 온화한 표정과 사람 좋은 웃음도 그 마음에 비추어 잘 살펴야 한다.

말이 가장 두렵다

—

可畏者言

1779년 5월, 나는 새도 떨어뜨린다던 홍국영洪國榮의 누이 원빈元嬪이 갑작스레 세상을 떴다. 송덕상宋德相이 상소를 올렸는데, 서두에 "원빈께 서 훙서薨逝하시니 종묘사직이 의탁할 곳을 잃었다"고 썼다. 당시 정쟁에 밀려 숨죽이며 지내던 채제공蔡濟恭이 낮잠을 자다가 집사가 가져다준 그 글을 보았다.

채제공이 서두를 읽다 말고 놀라 말했다. "해괴하다. 원빈이 죽었는데 어째서 종묘사직이 의탁할 곳을 잃는단 말인가? 400년 종묘사직이 과연 일개 후궁의 힘에 의탁했더란 말인가? 게다가 후궁이 죽었는데 어째서 서거逝去라 하지 않고 '홍서'라 하는가?" 그가 이같이 혼자 중얼거릴 때 그 자리에 가까운 친지 한두 사람이 함께 있었다.

　채제공은 한동안 더 낭패의 세월을 보내다가 형조판서에 제수되어 입시했다. 정조가 그를 환영하며 말했다. "근래 시끄럽던 일 말고도 경이 또 위태로운 처지를 겪어 거의 면치 못할 뻔하였소. 내가 각별히 보호한 덕분에 겨우 면한 것을 알고 있소?" 채제공이 영문을 몰라 "무슨 말씀이시온지요?" 하자, 정조가 말했다. "송덕상이 흉측한 상소를 올렸을 때 경이 그 상소문의 첫머리 글을 가지고 이러쿵저러쿵한 일이 있었소?" 그러면서 정조는 자신이 낮잠에서 갓 깨어 혼잣말처럼 했던 그 말을 마치 그 자리에 있었던 것처럼 자세하게 들려주는 것이었다.

　채제공이 놀라, 과연 그런 일이 있었다고 하자, 정조가 다시 말했다. "그날 해가 지기도 전에 그대가 한 말이 홍국영의 귀에 들어가, 그가 펄펄 뛰면서 들어와 온갖 방법으로 죄를 뒤집어씌워 분풀이를 하려는 것을 내가 간신히 말렸었소."

　채제공이 이 말을 듣고 물러나와 말했다. "아! 내가 이제껏 생각해봐도 누가 이처럼 쏜살같이 얘기를 전했는지 알 수가 없다. 두려워할 만한 것은 말이다(可畏者言也)." 다산의 《혼돈록餛飩錄》에 나온다.

　그때 사랑방에 위로차 찾아왔던 가까운 친지 중 한 사람이 그 말을 듣자마자 그길로 홍국영에게 달려가 고자질을 했다. 예나 지금이나 말 간수를 잘못해 벌어지는 사달이 꼬리를 문다. 말이 참 무섭다.

걸어다니는 술독과 밥통

|

酒甕飯囊

신라 때 최치원崔致遠이 양양襄陽의 이상공李相公에게 올린 글에서 자신에 대해 이렇게 표현했다. "주옹반낭酒甕飯囊의 꾸짖음을 피할 길 없고, 행시주육行尸走肉의 비웃음을 면할 수가 없다(酒甕飯囊, 莫逃稱誚. 行屍走肉, 豈遁任嗤)."

주옹반낭과 행시주육은 고사가 있다. 주옹반낭은 후한 때 예형禰衡의 말에서 나왔다. 《포박자抱朴子》에 보인다.

순욱은 그래도 억지로라도 함께 얘기할 수 있지만, 그 밖의 사람들은 모두 나무인형이나 흙인형이어서, 사람 같기는 한데 사람 같은 기운이 없으니, 모두 술독이나 밥통일 뿐이다.

苟或猶强可與語, 過此以往, 皆木梗泥偶, 似人而無人氣, 皆酒甕飯囊耳.

먹고 마실 줄만 알고 아무 역량도 없는 무능한 사람을 비유할 때 쓴다. 《논형論衡》〈별통別通〉에서는 "배는 밥구덩이(飯坑)이고, 장은 술주머니(酒囊)이다"라고도 했다. 사람이 허우대만 멀쩡해서 하는 일 없이 밥이나 축내고 술집에서 기염을 토하는 것을 두고 하는 말이다.

행시주육은 후한 사람 임말任末의 고사에서 나왔다. 임말이 스승이 돌아가셨다는 말을 듣고 문상을 위해 급히 달려가다가 길에서 죽게 되었다. 그는 조카에게 자신의 시신을 스승의 집으로 데려다달라고 부탁하며 이렇게 말했다. 《습유기拾遺記》에 나온다.

사람이 배우기를 좋아하면 죽더라도 산 것과 같고, 배우지 않는 자는 살았어도 걸어다니는 시체요 달려가는 고깃덩이라고 말할 뿐이다.

夫人好學, 雖死若存. 不學者雖存, 謂之行屍走肉耳.

이경전李慶全(1567~1644)이 자식들에게 늘 이렇게 훈계했다.

내가 볼 때, 세상에서 득실을 근심하는 자는 행시주육에 지나지 않는다. 이는 불교에서 말하는 중생에 해당하니, 또한 불쌍하지 않겠는가?

余視塵埃中以得失爲患者, 不啻若行屍走肉. 此佛家所謂衆生, 不亦可矜乎哉?

잗단 이익에 일희일비하는 중생의 삶을 버리고, 큰길로 뚜벅뚜벅 걷는 군자의 삶을 살라는 주문이다.

사람들은 밥과 술로 배불리 먹고 신나게 마실 생각뿐, 공부로 나날의 삶을 향상시킬 생각은 않는다. 사람이 배포가 크다는 말을 들을망정, 밥통이나 술독 소리를 듣고, 걸어다니는 고깃덩어리란 말을 듣고 살 수야 있는가?

믿을 것을 믿고 의심할 것은 의심한다

信信信也

《순자荀子》〈비십이자非十二子〉 편에 나오는 구절이다.

　믿을 것을 믿는 것이 믿음이고, 의심할 것을 의심하는 것도 믿음이다. 어진 이를 귀하게 여기는 것이 어짊이고, 못난 자를 천하게 보는 것도 어짊이다. 말하여 바로잡는 것도 앎이고, 침묵하여 바로잡는 것도 앎이다. 때문에 침묵을 안다 함은 말할 줄 아는 것과 같다.
　　信信信也, 疑疑亦信也. 貴賢仁也, 賤不肖亦仁也. 言而當知也, 默而當亦知也. 故知默猶知言也.

신실함은 어디서 나오는가? 덮어놓고 믿지 않고 살피고 따져보아 믿을 만한 것을 믿는 데서 생긴다. 의심할 만한 일을 덩달아 믿어 부화뇌동하면 뒤에 꼭 후회하고 책임질 일이 생긴다. 다 잘해주고 무조건 베푸는 것이 인仁이 아니다. 그의 언행을 보아 그가 받을 만한 대접만큼 해주는 것이 인이다. 가리지 않고 잘해주면 그가 달라질 기회를 빼앗는 것이나 한 가지다. 문제가 생겼을 때 바른말로 상황을 바로잡아주는 것이 지혜다. 때로는 입을 꾹 다문 침묵이 더 무서울 때도 있다. 침묵이 언어의 힘을 넘어서는 것은 아주 가끔이다.

이어지는 말.

알면서 모르는 체하고, 나쁜데 고상한 듯 굴며, 속임수를 쓰면서 교묘하고, 쓸모없는 말을 하지만 번드르르하며, 도움이 안 되는 주장을 펴면서 꼼꼼한 것은 다스림의 큰 재앙이다. 편벽되게 행동하면서 고집을 부리고, 그른 것을 꾸며서 그럴듯하게 보이며, 간악한 자를 아껴서 은혜를 베풀고, 반지르르한 말로 이치를 거스르는 것은 옛날에 크게 금한 것이다.

知而險, 賊而神, 爲詐而巧, 言無用而辯, 辯不惠而察, 治之大殃也. 行辟而堅, 飾非而好, 玩奸而澤, 言辯而逆, 古之大禁也.

잘못인 줄 알면서도 음험하게 속내를 숨긴다. 못된 심보를 안 들키려고 겉꾸민다. 속임수는 항상 그럴싸해 보이고, 쓸데없는 말이 더 현란하다. 희한한 짓을 하면서 고집을 부린다. 잘못을 해놓고도 인정하지 않고 자꾸 꾸며서 좋다고 우긴다. 간사한 자를 곁에 두고 총애한다. 말은 청산유수인데 막상 이치에 맞지 않는다.

　이런 현상이 자꾸 벌어지면 그 사회나 조직에 문제가 커지고 있다는 증좌다. 믿을 것을 믿고 의심할 것은 의심한다. 좋은 게 좋은 것이 아니다. 불편해도 진실을 따르는 것이 맞다.

취한 꿈에서 깨어나자

醉夢喚醒

취생몽사醉生夢死는 송나라 정자程子가 《염락관민서濂洛關閩書》에서 처음 한 말이다.

간사하고 허탄하고 요망하고 괴이한 주장이 앞다투어 일어나, 백성의 귀와 눈을 가려 천하를 더럽고 탁한 데로 빠뜨린다. 비록 재주가 높고 지혜가 밝아도, 보고 들은 것에 얽매여 취해 살다가 꿈속에 죽으면서도 스스로 깨닫지 못한다.

邪誕妖異之說競起, 塗生民之耳目, 溺天下於汚濁. 雖高才明智, 膠於見聞, 醉生夢死, 不自覺也.

정구鄭逑(1543~1620)가 〈취생몽사탄醉生夢死嘆〉에서 말했다.

신묘한 변화 잘 알아 참몸을 세워서
바탕을 실천해야 생사가 편안하리.
어찌하여 제멋대로 구는 저 사람은
취몽 중에 늙어가며 끝내 깨지 못하누나.
대낮에 하는 일로 바른길 막아 없애
가엾다 생생한 뜻 싹틀 길이 없구나. (중략)
탐욕 잔인 거침 오만 사단四端을 방해하고
음식 여색 냄새와 맛 칠정을 빠뜨린다.
양심이 일어나면 사심私心 이미 움직이고
바른 마음 일어날 때 삿됨 먼저 생겨나네.
안타깝다 열흘 추위 단 하루도 볕 안 드니
취중과 꿈속에서 언제나 흐리멍덩.

通神知化立人極　踐形然後能順寧
如何放倒一種人　迷老醉夢終不醒
朝晝所爲致牿亡　可憐生意無由萌
貪殘暴慢賊四端　食色臭味淪七情
良心發處私已動　正念起時邪先生
堪嗟十寒無一曝　醉邪夢邪長昏暝

두 사람이 한 말을 했다. 그때나 지금이나 세상은 여전히 어지럽고, 바른 판단은 어렵다. 횡행하는 거짓 정보 앞에 수시로 판단력이 흐려진다.

여기서 이 말 듣고 저기 가서 딴말한다. 높은 재주와 밝은 지혜로도 사사로운 마음과 삿된 뜻이 끼어들면 취중과 몽중이 따로 없다.

'취몽'의 상태를 되돌리려면, 달아난 정신을 불러내서 번쩍 깨우는 '환성喚醒'의 노력이 필요하다. 연암 박지원은 〈환성당기喚醒堂記〉에서 주인 서봉西峯 이공李公이 세상 사람들이 무지몽매하여 취생몽사하는 사이에, 아무리 불러도 꿈에서 못 깨어나고 아무리 흔들어도 취기를 벗어나지 못함을 슬피 여겨, '환성당'이란 당호를 지어 아침저녁으로 올려다보며 스스로를 깨우치려 한 것을 옳게 보았다.

부화뇌동 없이 정신의 줏대를 바로 세울 때다.

문슬침서

말만 하면 어긋나는 세상

—

捫虱枕書

송나라 왕안석王安石은 두보의 시 중,

주렴 걷자 잠자던 백로가 깨고
환약을 빚는데 꾀꼬리 우네.
　鉤簾宿鷺起　丸藥流鶯囀

라는 구절을 아껴, 뜻이 고상하고 묘해 오언시의 모범이 된다고 말하곤
했다. 그러다가 스스로,

청산에서 이 잡으며 앉아 있다가
꾀꼬리 울음소리에 책 베고 자네.

靑山捫虱坐　黃鳥枕書眠

라는 구절을 얻고는, 자신의 시도 두보만 못지않다며 자부했다고 한다.
섭몽득葉夢得의《석림시화石林詩話》에 나온다.

　방 안의 공기가 갑갑해서 주렴을 걷었다. 마당 가 방죽에서 외다리로
졸던 백로가 그 소리에 놀라 깨서 저편으로 날아간다. 미안하다. 약가루
를 반죽해 손가락 끝으로 굴려 환약을 짓는데, 그 리듬에 맞춰서 꾀꼬리
가 운다. 손가락 끝에서 꾀꼬리 울음이 데굴데굴 굴러간다(囀). 간지럽다.
시격은 두보가 두어 수 위다.

　남명南冥 조식曺植(1501~1572)이 시에 이렇게 썼다.

이나 잡지 어이해 세상일 얘기하리
산 이야기 물 이야기 또한 할 말 많다네.

捫虱何須談世事　談山談水亦多談

그의 벗 대곡大谷 성운成運(1497~1579)이 이렇게 받았다.

사람 만나 산속 일도 얘기하기 싫으니
산의 일도 말만 하면 또한 남과 어긋나네.

逢人不喜談山事　山事談來亦忤人

조식은 답답한 세상일 얘기하다 더 답답해지지 말고, 그 시간에 이나 잡든지, 그도 아니면 산수 이야기나 하라고 말했다. 성운은 산수 이야기 조차 걸핏하면 말꼬리를 잡아 기분만 상하게 되니, 아예 아무 말도 않겠다고 썼다. 이수광은《지봉유설》에 이 이야기를 적고 나서 "말에 담긴 뜻이 성운이 더욱 높다"고 평했다.

왕안석과 조식의 시에 나오는 '문슬捫虱'은 이를 잡는다는 말이다. 전진前秦의 소년 왕맹王猛이 대장군 환온桓溫을 찾아가 알현하고, 천하의 일을 유창하게 담론하는 한편으로 이를 잡으며 여유만만하고 거침없는 태도를 보였다는 데서 처음 나왔다.

세상이 온통 무더위 찜통 속이다. 그래도 입추가 지나고 나서는 교앙驕昻하던 매미 울음소리의 기세가 꺾였다. 피곤한 세상일 잠시 잊고 바람 드는 마루에서 태고의 적막 속으로 들어가보는 것은 어떨까?

세재비아

세상의 재물은 단지 내 손을 거쳐가는 것일 뿐
|
世財非我

　곡산부사 시절에 다산이 고을의 토지문서를 살펴보았다. 100년 사이에 보통 대여섯 번 주인이 바뀌고, 심한 경우 아홉 번까지 바뀌었다. 다산이 말했다. "창기娼妓는 남자를 자주 바꾼다. 어찌 내게만 유독 오래 수절하기를 바라겠는가? 토지를 믿는 것은 창기의 정절을 믿는 것과 같다." 부자는 넓은 밭두렁을 보며 자손을 향해 자랑스레 외친다. "만세의 터전을 너희에게 주겠다." 하지만 그가 눈을 감기도 전에 그 자식은 여색과 노름에 빠져 재산을 탕진하고 만다. 다산이 제자 윤종심尹鍾心에게 준 증언贈言 속에 나온다.

　글의 문맥이 천주교 교리서 《칠극》 2장 〈해탐解貪〉의 내용과 흡사하다.

성 아우구스티누스가 탐욕스레 재물을 모으는 자에게 물었다.

"당신은 누구를 위해 그토록 애를 씁니까?"

"제 자식을 위해서입니다."

"당신의 아들은요?"

"자기의 자식을 위하겠죠."

"이렇게 해서 끝없이 되풀이해도 결국 나 자신을 위한 것은 없군요."

이어서 말한다. "세상의 재물은 나의 재물이 아니다. 다만 내 손을 거쳐 가는 것일 뿐이다. 앞서 이미 많은 사람을 거쳐서 이제 내게 온 것이다(世財非我財, 惟經我手. 先曾已經多人, 乃今及我)."

세간의 재물은 잠시 맡아 보관하는 것일 뿐, 천년만년 누릴 수 있는 것이 아니다. 나의 삶을 위해서는 아무것도 하지 않으면서, 자식을 위해서는 안 하는 짓이 없고 못할 일이 없다.

강진 석교리 사람 황인태가 당호를 취몽재醉夢齋로 짓고 글을 청했다. 다산은 그를 위해 〈취몽재기醉夢齋記〉를 지어주었다. "취한 사람에게 취했다고 하면 원통해하며 자기는 취하지 않았다고 말한다. 꿈꾸는 사람은 깨기 전에는 그것이 꿈인 줄 모른다. 정말 병이 위독한 사람은 자기가 병든 줄을 모른다. 그러니 스스로 취했다고 하고 꿈꾼다고 하는 사람은 술과 잠에서 깨어날 가능성이 있는 사람이다."

다산의 이 말도 《칠극》 1장 〈복오伏傲〉와 2장 〈해탐〉 편에 그대로 나온다. 배교 이후 강진 유배 시절에도 다산은 천주교 교리서의 가르침을 놓지 않고 있었다. 다산이 제자들에게 내린 수많은 증언은 《칠극》의 화법과 참 많이 닮았다.

이 또한 지나가리라

求滿召憂

명나라 왕상진의 《일성격언록》〈섭세涉世〉 편의 말이다.

무릇 정이란 다하지 않은 뜻을 남겨두어야 맛이 깊다. 흥도 끝까지 가지 않아야만 흥취가 거나하다. 만약 사업이 반드시 성에 차기를 구하고, 공을 세움에 가득 채우려고만 들 경우, 내부에서 변고가 일어나지 않으면 반드시 바깥의 근심을 불러온다.

凡情留不盡之意, 則味深. 凡興留不盡之意, 則趣多. 若業必求滿, 功必求盈, 不生內變, 必召外憂.

사람들은 끝장을 봐야 직성이 풀린다. 남는 것은 회복 불능의 상처뿐이다. 더 갈 수 있어도 멈추고, 끝장으로 치닫기 전에 머금어야 그 맛이 깊고 흥취가 커진다. 저만 옳고 남은 그르며, 더 얻고 다 얻으려고만 들면, 없던 문제가 생기고 생각지 못한 근심이 닥쳐온다.

한 대목 더.

내게 거슬리는 것을 가만히 잠깐 살피기만 해도 문득 차분해져서 마음이 시원스럽게 된다. 그래서 두목杜牧은 그의 시에서 '참고 지나가면 그 일도 기뻐할 만하다네'라고 말했다.

逆我者, 只消寧省片時, 便到順境, 方寸廖廓矣. 故少陵詩云 '忍過事堪喜'.

내 앞길을 막는다고 맞겨루려고만 들면 다툼이 그칠 새 없다. 가라앉혀 상대의 입장으로 생각하자 이내 차분해져서 좀 전에 성내던 일이 부끄러워진다.

두목은 그의 시 〈견흥遣興〉에서 이렇게 노래했다.

거울 보며 흰 수염 만지작대니
어쩌다 이렇듯 늙은이 됐나.
뜬 인생 언제나 정신이 없고
아이들은 자꾸만 칭얼거린다.
참아내면 그 일도 기쁠 것이요
편해진들 근심이야 없을 수 있나.
가라앉혀 마음을 차분히 가져

막힌 길 나와도 괘념 않으리.

鏡弄白髭鬚　如何作老夫

浮生長勿勿　兒小且鳴鳴

忍過事堪喜　泰來憂勝無

治平心徑熟　不遣有窮途

　거울을 보는데 구레나룻와 수염이 허옇다. 돌이켜보면 늘 경황없이 발만 동동 구르며 살아왔다. 커가는 자식들은 부모에게 원하는 것이 때마다 달라진다. 어쩌나 싶어 안타깝던 일도 지나고 나니 다 견딜 만한 기쁜 추억이 되었다. 형편이 괜찮을 때도 근심은 항상 우리 곁에 있었다. 이렇게 마음을 가라앉히자, 지금의 나쁜 상황도 다 잘될 것 같은 생각이 들게 되더라는 이야기다.

수
서
낭
고

요리조리 돌아보고 잡힐 듯 안 잡힌다

|

首鼠狼顧

《삼국지》〈제갈각전諸葛恪傳〉에 다음 대목이 나온다.

산월山越은 지형이 험한 것을 믿고서 여러 대 동안 조공도 바치지 않았다. 느슨하면 쥐처럼 머리를 내밀고, 다급해지면 이리처럼 돌아본다.
山越恃阻, 不賓歷世, 緩則首鼠, 急則狼顧.

'수서首鼠'는 쥐가 쥐구멍을 나설 때 머리만 내밀고 좌우를 번갈아 돌아보며 멈칫대는 모양을 가리키는 표현이다. 혹여 고양이가 기다리지는 않을까, 다른 함정이 있는 것은 아닐까 싶어 살피는 행동이다. 머뭇대며 결단하지 못하는 태도를 지적할 때 자주 쓴다. 이러지도 저러지도 못하는 상황을 '수서양단首鼠兩端'이라고도 한다.

이리는 의심이 많은 동물이다. 몸은 앞을 향해 가도 고개는 자주 뒤를 돌아본다. 다른 동물이 습격이라도 할까 겁이 나서다. '낭고狼顧'는 어떤 일을 하다가 두려운 생각이 들어 고개를 돌려 돌아보는 행동을 지적하는 표현으로 자주 쓴다.

《사기史記》에서 소진蘇秦이 제왕齊王에게 유세하면서 이렇게 말한 예가 보인다.

진秦나라가 비록 깊이 들어오고자 해도 이리처럼 뒤돌아보면서 한韓나라와 위魏나라가 그 후방을 의논할까 염려합니다. 이 때문에 두려워 의심하여 공연히 으르렁대며 뻗대면서도 감히 진공하지는 못합니다.
秦雖欲深入, 則狼顧, 恐韓魏之議其後也. 是故恫疑虛喝, 驕矜而不敢進.

관상 중에 낭고상狼顧相이란 것이 있는데, 몸은 안 움직이면서 머리만 돌려 보는 상이다. 이런 상을 지닌 사람은 야심이 있고 흉험하다고 했다. 삼국시대 위나라 사마의司馬懿가 낭고의 상이란 말을 듣고, 위 무제가 뒤에서 그를 불렀다. 그러자 얼굴은 즉시 뒤편을 향해 돌아보는데 몸은 전혀 움직임이 없었다. 이를 보고 그가 남의 신하로 있을 사람이 아니니 조심하라고 태자에게 주의를 주었다는 내용이 《진서晉書》〈선제기宣帝紀〉에 나온다.

쥐는 물건을 훔치고, 이리는 살금살금 기어와 가축을 물어죽인다. 워낙 조심성이 많아서 좀체 잡기가 어렵고 야행성이란 점도 같다. 속에 든 것은 남의 것을 훔치고 해치려는 흉험한 생각뿐이다. 요리 보고 조리 보고 나아갈 듯 돌아보니 잡힐 듯 안 잡힌다.

제 4 부

성쇠와 흥망

폐단구함

소금을 담으려면 광주리가 튼튼해야

—

弊簞救鹹

박태순朴泰淳(1653~1704)의 시 〈지감志感〉의 앞 네 구절이다.

평온하다 어느 날 가파르게 변하니
네 수말이 재갈 풀고 횡으로 달리는 듯.
재목 하나로 큰 집 기욺 어이해 지탱할까?
구멍 난 광주리론 염전 소금 못 구하리.

康莊何日變巉巉　四牡橫奔又失銜
一木豈支大廈圮　弊簞未救鹽池鹹

이제껏 탄탄대로를 밟아 평탄하게 지내왔다. 어느 순간 세상이 바뀌자 세상인심이 가파르고 각박하다. 네 마리 힘 넘치는 수말을 나란히 매어놓고 채찍질해 큰길을 내달리는데, 재갈마저 물리지 않아 제동장치가 없는 형국이다. 미친 듯이 내닫다가 끝에 가서는 어찌 될지 모르겠다. 큰 건물이 기우뚱 기울었으니, 재목 하나로 받쳐 지탱코자 한들 될 일이겠는가? 염전에서 소금을 담으려 해도 구멍 난 해진 광주리로는 방법이 없다. 시인은 현실에서 벌어지는 격랑의 회오리 앞에 뭔가 할 말이 많았던 모양인데, 이렇게만 말하고 입을 꾹 다물었다.

홍낙안洪樂安이 채제공에게 1791년 9월에 발생한 천주교 진산珍山 사건에 대해 신속한 처리를 요청하는 편지를 썼다. 천주교 신자인 윤지충과 권상연이 부모의 신주를 불태운 일로 시작된 이 사건은 당시 조선 사회에 큰 충격을 던졌다.

다음은 홍낙안의 긴 글 중 일부다. 《벽위편闢衛編》에 실려 있다.

옛날에는 나라의 금법을 두려워해 어두운 방에서 모이던 자들이 지금은 백주 대낮에 마음대로 다니고, 공공연히 멋대로 전파합니다. 예전 파리 대가리만 한 작은 글씨로 써서 열 번씩 싸 숨겨두던 것을 이제는 함부로 책자로 찍어내서 여러 지방에 배포합니다. 한번 이 천주학의 가르침을 듣기만 하면 목숨을 버리고 감옥에 들어가는 것을 지상의 생사를 버리고 기쁜 마음으로 만겁의 천당에 들어가듯 하니, 한번 빠져든 뒤로는 의혹을 풀 길이 없습니다. 지금 경기도와 충청도 사이에는 더더욱 널리 퍼져서 마을마을마다 빠져들지 않은 곳이 없으니, 이제는 손을 대고자 한들 해진 광주리로 소금을 퍼담으려는 것과 다를 바 없습니다.

여기서 폐단구함弊簞救鹹의 용례가 한 번 더 나온다. 소금을 담으려면 광주리가 튼튼해야 한다. 닳아 구멍 난 광주리로는 고생만 많고 보람이 없다.

이익 앞에 눈이 멀다

|

凶終隙末

초한楚漢이 경쟁할 당시, 장이張耳와 진여陳餘는 대량大梁의 명사名士로 명망이 높았다. 처음에 두 사람은 부자父子처럼 다정하게 지냈다. 여러 역경을 함께 겪으면서 떼려야 뗄 수 없는 관계가 되었다. 나중에 권력을 다투게 되자 경쟁관계로 돌아섰다. 끝내는 장이가 지수泜水 가에서 진여의 목을 베기에 이르렀다. 흉종凶終, 그 시작은 참 좋았는데 마지막은 흉하게 끝이 났다.

전한前漢 시절 소육蕭育과 주박朱博은 절친한 벗이었다. 처음에 주박은 두릉정장杜陵亭長이란 낮은 벼슬에 있었다. 소육이 그를 적극 추천해서 차츰 승진해 구경九卿의 지위에 올랐다. 정작 장군과 상경上卿을 거쳐 승상의 자리에까지 오른 것은 주박이 먼저였다. 이후 두 사람은 사소한 틈이 벌어지면서 오해가 오해를 낳아, 극말隙末 즉 끝내 완전히 갈라서서 원수가 되고 말았다.

흉종극말凶終隙末은 세상에서 벗 사이에 유종의 미를 거두지 못하는 일을 비유하는 말이다. 한때는 의기가 투합해서 죽고 못 사는 사이였는데, 나중엔 싸늘히 돌아서서 서로를 헐뜯다 못해 죽이기까지 했다. 왜 그랬을까? 견리망의見利忘義, 당장의 이익에 눈이 멀어 의리를 잊었기 때문이다.

송나라 때 구양수가 장지기蔣之奇를 어사로 천거했다. 장지기는 구양수를 몰래 무고해서 박주지사로 쫓아냈다. 구양수는 이때 올린 표문에다 이렇게 썼다. "예형禰衡을 천거한 먹물이 마르기도 전에, 예羿를 쏜 화살을 이미 당겼네〔未乾薦禰之墨, 已關射羿之弓〕." 한나라 때 공융孔融이 40세에 20여 세의 예형을 아껴 글을 올려서 천거했다. 방몽逄蒙은 예羿에게서 활 쏘는 법을 배웠다. 다 배운 뒤 천하에 자기보다 나은 이가 예밖에 없다고 여겨 스승을 쏘아 죽였다. 구양수는 자신이 장지기를 진심으로 아껴 천거했는데, 막상 돌아온 것은 차디찬 배신이었다는 말을 이렇게 썼다.

한때 동지를 외치며 어깨를 겯던 이들이 한순간에 사생결단을 하고 싸운다. 그 곁에서 어제의 원수들이 기다렸다는 듯이 서로 손을 잡는다. 저마다 정의를 내세우지만 실은 서로의 셈법이 있었을 뿐이다.

무연설설

그렇게 답답하게 하지 말라

|

無然泄泄

1689년 12월은 기상 재변이 잇따랐다. 흰 기운이 하늘로 뻗치고, 무지 개가 해를 꿰뚫었다. 섣달인데도 봄 날씨가 이어졌다. 《사기》〈천관서天官書〉에 따르면, 이는 병란이 일어나거나 간신이 임금을 덮어 가리는 불길한 조짐이었다. 봄 같은 겨울은, 임금이 살피는 것이 분명치 않아 나라의 기강이 풀어져서 느슨해진 것을 경고하는 것으로 해석했다. 《서경》에 나온다.

잇따른 재변에 불안해진 숙종이 신하들에게 직접 글을 내려 직언直言을 청했다. 이현일李玄逸이 〈사직겸진소회소辭職兼陳所懷疏〉를 올렸다.

아! 변괴는 그저 생기지 않고, 반드시 인사人事에 감응하는 것입니다. 삼가 신이 보건대, 전하께서는 지려智慮는 우뚝하시나 결단은 부족하신 듯하고, 영명英明함은 특출하신데 식견과 도량은 조금 미치지 못하십니다. 마음에 간직하고 말로 펴시는 바가 가끔 사사로움에 치우치고 얽매이심이 있습니다.

鳴呼! 變不虛生, 必由人事之感. 臣竊覸殿下, 智慮超卓, 而雄斷似不足. 英銳特出, 而識量微不及. 所存所發, 或不免有拘牽偏係之私.

거침없는 쓴소리로 말문을 연 뒤, 그는 죄가 있으면 벌을 받고, 문제가 있으면 바로잡으며, 재주가 있으면 쓰는 것이 마땅한데도, 밑에서 이를 고하면 '이미 알고 있다. 생각해보고 처결하겠다'고만 하면서 끝내 세월만 끌며 아무 처분도 내리지 않으시니, "하늘이 나라를 장차 쓰러뜨리려 하니, 그렇게 답답하게 하지 말라[天之方蹶, 無然泄泄]"고 한《시경》〈판板〉의 구절이 떠오른다고 했다. 설설泄泄은 답답沓沓과 같은 뜻이다. 나라가 엎어질 지경인데 답답하게 고식적姑息的 태도를 벗어나지 못하니 안타깝다는 말이다.

그는 또 나라의 흥폐가 임금이 마음을 한번 돌리는 사이에 달려 있다고 했다. 기강을 세워, 어진 이를 쓰면 전적으로 맡기고, 부족한 사람을 내칠 때는 빨리 하지 못할까를 염려하여, 그 과정에 간사한 기운이 끼어들지 못하게 해야 한다고 강조했다. 끝은 "온 나라가 전하께 바라는 바는 고식적인 어짊[姑息之仁]과 구차한 정치[苟且之治]를 하는 것이 아닙니다"로 맺었다. 제스처만의 구언求言이나 고집불통의 정치 말고, 하늘의 경고에 답하고 신민臣民의 바람을 위로해주기를 청했다.

모란공작

운치가 있어도 해서는 안 될 일

|

牡丹孔雀

유득공의 〈이십일도회고시二十一都懷古詩〉에서 고려의 개성을 읊은 9수
중 제5수는 이렇다.

고려 때 재상이 살았던 집 가리키니
황폐하다 비바람에 흙담마저 기울었네.
모란과 공작은 모두 다 스러지고
노랑나비 쌍쌍이 장다리꽃 위를 난다.
指點前朝宰相家　廢園風雨土墻斜
牡丹孔雀凋零盡　黃蝶雙雙飛荼花

예전 고려 때 재상이 살던 집은 흙담마저 기울어 금세 무너져내릴 판이다. 옛날 권력에 취해 거리낄 것 없던 시절에는 모란이 활짝 핀 정원에 공작새가 놀았을 것이다. 지금은 누군가 빈터에 일군 채마밭에 노랑나비만 난다.

고려 신종神宗 때 일이다. 참지정사參知政事 차약송車若松이 특진관 기홍수奇洪壽와 함께 중서성中書省에 들어갔다. 차약송이 물었다. "공작은 잘 있소?" 기홍수가 대답했다. "고기를 먹다 가시가 목에 걸려 죽었습니다." 이번에는 기홍수가 물었다. "모란을 잘 기르려면 어찌해야 하는지요?" 차약송이 그 방법을 자세히 일러주었다.

이 이야기를 들은 사람이 말했다. "재상의 직책은 도를 논하고 나라를 경륜함에 있거늘, 다만 꽃과 새만 논하고 있으니 어찌 백관의 본보기가 되겠는가?" 유득공의 위 시는 이 고사를 가지고 지었다.

명나라 중종이 화미조畵眉鳥를 몹시 사랑했다. 수많은 조롱 속에 한 마리씩 따로 넣어 길렀다. 누가 말했다. "화미조에게 갓 까고 나온 새끼 거위의 골을 먹이면 더 기막히게 운다고 합니다." 천자가 즉시 광록시光祿寺에 명해, 날마다 새끼 거위 300마리를 잡아 그 골만 빼서 화미조에게 먹이게 했다. 과연 새의 목소리가 더욱 아름다워져서, 궁궐의 깊은 정원이 화미조의 맑은 울음소리로 가득했다.

평자가 말했다. "운치야 있겠지만, 천하 일을 살펴야 할 천자가 어찌 이 같은 일을 한단 말인가?"《오주연문장전산고五洲衍文長箋散稿》〈공작변증설孔雀辨證說〉에 나온다. 재상은 모란과 공작에 취해 나랏일은 뒷전이었고, 천자는 새 울음소리에 빠져 하루 300마리나 되는 새끼 거위의 골을 파냈다. 모란이 탐스럽고 공작이 화려하며 화미조의 소리가 사랑스러워도 무엇을 먼저 해야 할지를 살피지 않았다. 차례가 틀렸다.

펄펄 끓는 물은 국자로 퍼서 식힐 수가 없다

|

揚湯止沸

정조 22년(1798) 7월 27일, 충청관찰사 이태영李泰永이 정조에게 장계를 올려, 매년 가을 실시해온 마병馬兵 선발시험의 폐지를 청원했다. 혹심한 재해로 농사를 망쳐 생계가 어려운데 시험장 설치 비용도 만만치 않고, 응시하는 백성들이 양식을 싸오기도 힘든 상황이라, 올해에 한해 시험을 폐지해달라는 것이었다.

정조가 하교했다.

흉년에 백성을 살피는 일은 크고 작은 것 따질 것 없이 성가시게 하지 않는 것이 가장 좋다. 백성을 귀찮게 할 일은 일절 하지 말라. 그래야 '끓는 물을 퍼냈다가 다시 부어 끓는 것을 멈추려 한다〔揚湯止沸〕'는 나무람을 면할 수 있을 것이다. 백성을 성가시게 하지 않는 것이 부역을 면제해주는 것보다 훨씬 낫다.

荒歲民事, 無論巨細, 莫過於不撓. 凡涉於撓民者, 一切勿爲. 然後可免於揚湯止沸之譏, 而勝似蠲役停賦, 似此諸條之除.

가뜩이나 먹고살기 힘든 판에, 도와준다면서 일이나 제도를 만들어 나라가 백성을 더 괴롭히는 일이 있어서는 안 된다고 말한 것이다.

글 속의 '양탕지비'는 한나라 매승枚乘이 〈오왕에게 간하여 올린 글〔上書諫吳王〕〉에서 다음과 같이 말한 데서 나왔다.

끓는 물을 식히려 할 때 한 사람이 불을 때는데 백 사람이 물을 퍼냈다가 다시 담더라도 소용이 없습니다. 장작을 빼서 불을 그치게 하는 것만 못합니다.

欲湯之滄, 一人炊之, 百人揚之, 無益也. 不如絶薪止火而已.

《역대사선歷代史選》〈동한東漢 효령황제孝靈皇帝〉 조에서 "끓는 물을 퍼냈다가 다시 부어 끓는 것을 그치게 하는 것은 땔나무를 치우는 것만 못하다〔揚湯止沸, 莫若去薪〕" 하고, 이와 나란히 "종기를 터뜨리는 것이 아프기는 해도, 안으로 곪는 것보다 낫다〔潰癰雖痛, 勝於內食〕"라는 말을 인용한 것도 같은 뜻이다. 문제가 있으면 발본색원해서 근원적으로 해결해야지, 임시방편으로 돌려막기해서는 안 된다는 의미다.

숙종 33년(1707) 11월 9일, 지평持平 이대성李大成이 상소를 올려, 임금이 붕당朋黨을 미워한다면서 막아 끊지 못하고 도리어 조장하니, 이러면서 당쟁의 폐해를 막겠다는 것은 양탕지비요, 포신구화抱薪救火 즉 섶을 들고 불을 끄겠다는 것과 다를 바 없다고 간언했다. 펄펄 끓는 물은 장작을 빼야지, 국자로 퍼서는 식힐 수가 없다.

다
행
불
행

정도가 사라져 꼼수가 횡행하는 세상

|

多倖不幸

위백규魏伯珪(1727~1798)가 1796년에 올린 〈만언봉사萬言封事〉를 읽는데 자꾸 지금이 겹쳐 보인다.

백성의 뜻이 안정되지 않음이 오늘날보다 심한 적이 없었습니다. 등급이 무너지고 품은 뜻은 들떠 제멋대로입니다. 망령되이 넘치는 것을 바라고, 흩어져 음일淫溢함이 가득합니다. 사양하는 마음은 찾아볼 수가 없고, 겸손한 뜻은 자취도 없습니다. 조정에 덕으로 겸양하는 풍조가 없고 보니 관리들은 모두 손을 놓고 있고, 마을에 스스로를 낮추는 풍속이 없는지라 위의 명령을 모두 거스릅니다. 본분을 어기고 윗사람을 범하여 불의가 풍속을 이루고, 함부로 나아가면서 욕심이 끝도 없어 염치가 모두 사라졌습니다. 예의염치의 네 바탕이 사라지면 크고 작은 일이 엉망이 되어, 마치 썩고 망가진 그물처럼 됩니다. 사람이 저마다 자신만을 위한다면 그 마음이 억만이 되어, 온 나라의 사람이 모두 행민倖民이 되고, 온 나라의 재물은 전부 뇌물이 되고 말 것입니다. 위로 는 조정 백관으로부터 아래로 마을의 이장에 이르기까지 어느 한 사람 도 공정한 방법으로 얻는 자가 없고, 크게는 군대와 세금과 형법으로부 터 작게는 송사와 심문에 이르기까지 한 가지도 공도公道로 이루어지 는 것이 없을 것입니다. 그런데도 대소의 관원들은 편안하게 놀면서 예 삿일로 봅니다.

民志之不定, 莫甚於今日. 等級凌遲, 志意浮越. 妄希僭踰, 散漫淫溢. 辭讓之 心亡, 挹退之情絶. 朝廷無讓德之風, 故庶官皆曠, 鄕黨無自卑之俗, 故上令皆 反. 干分犯上, 而不義成風, 冒進無饜, 而廉隅都喪. 此而旣亡, 則大小漫漶, 如 朽網敗罟. 人各自謀, 億萬其心, 一國之人, 皆爲倖民, 一國之財, 皆爲賂物. 上 自朝廷百官, 下至閭里胥長, 無一人以公道得者. 大自軍賦刑法, 細至爭訟追問, 無一事以公道成者, 大小恬嬉, 視爲常事.

서두를 읽다 말고 간담이 서늘해진다. 글 속의 '행민'은 요행을 바라고 살아가는 백성을 가리킨다. 《춘추좌씨전》의 풀이에 "훌륭한 사람이 윗자 리에 있으면 나라에 요행을 바라는 백성이 없고, 상을 주는 것이 어긋나 지 않고, 형벌을 시행함에 넘치지 않는다"고 했다. 속담에 "백성에게 요 행이 많은 것은 나라의 불행이다(民之多倖, 國之不幸也)'라고 한 것도 같은 뜻이다. 김장생金長生(1548~1631)은 가져서는 안 될 것을 얻은 자가 행민이니, 일없이 빈둥거리며 노는 백성을 뜻한다고 풀이한 바 있다.

아무리 노력해도 안 되니 요행을 꿈꾼다. 정도正道가 행해지지 않아 꼼수가 횡행한다. 예의도 없고 염치도 모른다. '로또'에 인생을 걸고, 수단을 부려 얻는 것을 능력으로 안다. 원칙이 사라진 세상의 풍경이다. 요행이 많으면 국가가 불행하다. 행민이 많아지면 미래가 어둡다.

행루오리

요행으로 면하고 잘못해서 빠져나가다

|

幸漏誤罹

1791년 11월 11일, 형조에서 천주교 신자로 검거된 중인中人 정의혁과 정인혁 및 최인길 등 11명의 죄인을 깨우쳐 잘못을 뉘우치게 했노라는 보고가 올라왔다. 정조가 전교傳敎를 내렸다. "중인들은 양반도 아니고 상민도 아닌, 그 중간에 있어 교화시키기가 가장 어렵다. 경들은 이 뜻을 알아 각별히 조사해서 한 사람도 요행으로 누락되거나〔幸漏〕, 잘못 걸려드는〔誤罹〕 일이 없도록 하라."

행루오리幸漏誤罹는 운 좋게 누락되거나 잘못해서 걸려드는 것을 말한다. 죄를 지었는데 당국자의 태만이나 부주의로 법망을 빠져나가면 걸려든 사람만 억울하다. 아무 잘못 없이 집행자의 단순 착오나 의도적 악의로 법망에 걸려들어도 마찬가지다. 여기에 부정이나 청탁이 개입되기라도 하면 바로 국가의 법질서에 대한 불신으로 이어진다. 법 집행의 일관성을 강조한 것이다.

정조는 국가가 천주교 탄압을 공식화할 경우 자칫 정적政敵 타도의 교활한 수단으로 변질되어 악용될 것을 늘 염려했다. 그래서 상소가 올라올 때마다 동문서답으로 딴청을 하며 이 문제가 정면에서 제기되는 것을 한사코 막았다. 임금이 천주교에 우호적인 것이 아니냐는 수군거림이 있었을 정도였다.

다른 문제에 대해서도 같았다. 여러 도의 옥안獄案을 심리할 때 내린 하교에서는 "반드시 죽을죄를 지은 자도 살리려 하는 것이 임금의 마음이지만, 마땅히 살아야 할 자가 잘못 걸려들고〔當生者之誤罹〕, 마땅히 죽어야 할 자가 요행히 면하는 것〔當死者之倖逭〕은 둘 다 형벌이 잘못 적용된 것이다"라고 했다. 여기서는 오리행환誤罹倖逭이라고 했다. 뜻은 같다.

1786년 10월 15일 김우진의 방자한 행동에 그의 이름을 사판仕版에서 삭제할 것을 명할 때도, "신분이 높고 가깝다 해서 봐주지 않고〔無以貴近而假貸〕, 성글고 멀다고 해서 잘못 걸려들지 않게 한다면〔無以疏遠而誤罹〕, 무너진 기강을 진작할 수 있고, 어지러운 풍속을 가라앉힐 수 있다"고 했다.

정조가 세상을 뜨자마자 이 같은 원칙이 폐기되면서 천주교 박해의 광풍이 불었다. 사람들은 온통 혈안이 되어 천주교의 죄를 씌워 정적을 제거하거나 죄 없는 사람을 죽여 그 재산을 탈취했다. 나라에 온통 피비린내가 진동했다.

성일역취

술 마시는 일을 경계함

|

醒日亦醉

　예전 한 원님이 늘 술에 절어 지냈다. 감사가 인사고과에 이렇게 썼다. "술 깬 날도 취해 있다〔醒日亦醉〕." 해마다 6월과 12월에 팔도의 감사가 산하 고을 원의 성적을 글로 지어 보고하는데, 술로 인한 실정이 유독 많았다. "세금 징수는 공평한데, 술 마시는 것은 경계해야 마땅하다〔斛濫雖 平, 觴政宜戒〕." "잘 다스리길 원하지 않는 것은 아니나, 이 술버릇을 어이 하리〔非不願治, 奈此引滿〕." 정약용이 《다산필담茶山筆談》에서 한 말이다.

　《상산록象山錄》에서는 또 이렇게 썼다.

　술을 즐기는 것은 모두 객기다. 세상 사람들이 잘못 알아 맑은 운치

로 여긴다. 이것이 다시 객기를 낳고, 오래 버릇을 들이다 보면 술 미치
광이가 되고 만다. 끊으려 해도 끊을 수가 없으니 진실로 슬퍼할 만하
다. 술을 마시고 주정을 하는 자가 있고, 마시면 말이 많아지는 자가 있
고, 마시면 쿨쿨 자는 자도 있다. 주정을 부리지 않는 사람은 스스로 폐
해가 없다고 생각하겠지만, 잔소리나 군소리를 아전이 괴롭게 여기고,
길게 누워 깊이 잠들면 백성이 원망한다. 어찌 미친 듯이 소리치고 어
지러이 고함지르며, 과도한 형벌과 지나친 매질을 해야만 정사에 해롭
겠는가? 고을을 맡은 자는 술을 끊지 않으면 안 된다.

嗜酒皆客氣也. 世人誤以爲淸趣. 轉生客氣, 習之旣久, 乃成饕狂. 欲罷不能,
誠可哀也. 有飮而酗者, 有飮而談者, 有飮而睡者. 其不酗者, 自以爲無弊, 然細
談贅語, 吏則苦之, 熟睡長臥, 民則怨之. 何待狂叫亂嚷, 淫刑濫杖而後, 害於政
哉? 爲牧者, 不可不斷酒.

명나라 정선鄭瑄이 말했다.

인간의 총명은 유한하고, 살펴야 할 일은 한이 없다. 한 사람의 정신
을 쏟아 뭇사람의 농간을 막는 것은 쉬운 일이 아니다. 술에 빠지고 여
색을 탐하며, 시 짓고 바둑이나 두면서, 마침내 옥사나 송사는 해를 넘
기고 시비가 뒤바뀌어, 소송은 갈수록 많아지고 일거리는 날마다 늘어
난다. 어찌 탄식하지 않겠는가?

聰明有限, 事機無窮. 竭一精神, 以防衆奸, 已非易事. 而耽延含杯, 恣情漁
色, 賦詩品奕, 遂致獄訟經年, 是非易位, 詞訴愈多, 事機愈夥. 豈不嗟哉?

모두 《목민심서》 〈율기〉 중 '칙궁飭躬'에 실려 있는 예화다. 어찌 목민 관만의 일이겠는가? 과도한 음주는 끝내 문제를 일으킨다. 그런데도 술로 인한 사건 사고가 끊이지 않는다. 한 번의 실수로 치러야 할 대가가 너무 크다.

나라가 곧 망할 것입니다

|

未見如今

이대순李大醇은 서얼이었지만 경학에 정통했고 예문禮文도 많이 알아, 어린이를 가르치는 동몽훈도童蒙訓導 노릇을 하며 살았다. 제자 중에 과거에 급제해서 조정에 선 사람이 적지 않았다. 임진왜란 이후 금천衿川 땅에 유락해 먹고살 길이 없었다. 한 대신이 딱하게 보아 다시 훈도 노릇을 하게 해주었다.

이대순은 상경해서 남대문 안쪽 길가에 서당을 열었다. 원근에서 배우러 온 자들이 많았다. 그의 학습법은 엄격했다. 전날 읽은 것을 못 외우면 종아리를 때렸다. 도착한 순서대로 가르쳤다. 교과과정은 엄격했고, 나이 순서로 앉혔다.

학생들이 성을 내며 대들었다. "아니 저 자식은 서얼인데 내가 그 아래에 앉으라고요?" "내가 조금 늦게 왔지만, 저 녀석이 감히 나보다 먼저 배워요?" 툭하면 으르렁대고 번번이 싸웠다. 이대순이 견디다 못해 조금 나무라기라도 하면 반드시 면전에서 스승에게 욕을 보였다.

이대순이 대신의 집을 찾아와 작별 인사를 했다. 대신이 연유를 묻자 그의 대답이 이랬다. "제 나이가 60여 세인데, 지금 같은 꼴은 처음 봅니다(未見如今日之風敎). 젖비린내 나는 아이들이 벌써 당색을 나누고, 글자도 모르는 녀석들이 시정時政을 평가합니다. 길에 '물렀거라' 소리가 나기만 하면 공부하다 말고 앞다퉈 뛰어나가 '재상 아무개로군. 아무 쪽의 당색이야. 사람이 크게 간악하지'라 하고, 또 '아무개 어르신을 뵙는군. 아무 쪽의 당색인데, 아주 어지신 분이야'라고 합니다. 제가 속한 당색이 아니면 아무리 고관대작이라도 이름을 마구 부르며 업신여겨 욕합니다. 또 귀천을 가리지 않고 모두 비단옷만 입습니다. 너무도 한심합니다. 이런데도 안 고치면 나라가 곧 망할 것입니다. 하찮은 녹 때문에 서울에 오래 머물다가는 틀림없이 큰 화를 입을 것입니다. 그래서 떠납니다."

1622년 겨울의 일이었다. 이듬해 바로 인조반정이 일어나 세상이 뒤집어졌다. 사람들이 그의 선견지명에 크게 놀랐다. 이덕형李德洞(1566~1645)의 《죽창한화竹窓閑話》에 나온다. 지금은 중학교 1학년 교실에서 돈 2만 원 준다는 장난 소리에 학생이 수업 중인 선생의 머리를 다짜고짜 때리는 세상이다.

타락수구

물에 빠진 개는 패야 한다

|

打落水狗

루쉰魯迅(1881~1936)의 산문집 《투창과 비수》에 〈페어플레이는 아직 이르다〉는 글이 있다. 내용을 간추리면 이렇다.

권세를 믿고 날뛰며 횡포를 부리던 악인이 있다. 그런 그가 실족하게 되면서 갑자기 대중을 향해 동정을 구걸한다. 절름발이 시늉을 하며 사람들의 측은지심을 유발한다. 그러자 그에게 직접 피해를 당했던 사람들마저 그를 불쌍히 보며, 정의가 이미 승리했으니 그를 용서하자고 말한다. 하지만 그는 어느 날 슬그머니 본성을 드러내 온갖 못된 짓을 되풀이한다. 원인은 어디에 있나? 물에 빠진 개를 때려잡지 않았기 때문이다. 이는 스스로 제 무덤을 판 셈이니, 하늘을 원망하거나 남을 탓해서는 안 된다.

악인에 대한 징치를 분명하게 해두지 않고, 어설프게 용서하고 화해하는 페어플레이는 더 큰 해악을 불러올 뿐이다.

1937년 10월 19일, 옌안延安에서 열린 '루쉰 서거 1주년 기념대회'에서 마오쩌둥毛澤東은 '루쉰을 논함'이라는 제목으로 연설했다. 마오는 루쉰의 위 글을 인용하면서 이렇게 말했다. "루쉰은 '물에 빠진 개는 패야 한다〔打落水狗〕'고 주장했다. 물에 빠진 개를 패지 않아 그놈이 뛰쳐나오면 당신을 물려들 것이고, 최소한 당신에게 흙탕물을 튀길 것이다." 그는 운집한 대중에게 루쉰의 혁명정신을 배워 발양할 것을 호소하면서 말을 이었다. "우리는 현재 일본 제국주의라는 미친개를 아직도 물속에 빠뜨리지 못했다. 우리는 그놈이 몸을 일으키지 못하고 중국 국경에서 퇴출될 때까지 계속해서 두들겨패야 한다."

다산은 〈일본론〉에서 "일본의 풍속은 불교를 좋아하고 무력을 숭상해서 연해沿海의 여러 나라를 노략질하여 그 보화와 양식과 비단을 약탈해 눈앞의 욕심을 채웠다. 이 때문에 우리나라의 우환거리가 되어 신라 이래로 수십 년 사이라도 일이 없었던 적이 없었다"고 했다. 하지만 다산은 이토 진사이伊藤仁齋나 오규 소라이荻生徂徠 같은 학자들의 글에 문채가 찬란한 것을 보고 "지금의 일본은 걱정할 것이 없다"고 낙관했다.

무려 다섯 가지 근거를 대며 일본을 적대시할 필요가 없다고 했는데, 이제 와 다시 읽어보니 다산의 낙관론은 너무 순진했다.

오자탈주

가짜가 진짜의 자리를 차지하다

|

惡紫奪朱

《논어》〈양화〉편에 나오는 말이다.

자주색이 붉은색을 빼앗는 것을 미워하고, 정나라의 음악이 아악을
어지럽히는 것을 미워하며, 말 잘하는 입이 나라를 뒤엎는 것을 미워
한다.

惡紫之奪朱也, 惡鄭聲之亂雅樂也, 惡利口之覆邦家者.

잡색인 자주색이 원색인 붉은색의 자리를 차지했다. 정나라의 자극적
인 음악이 유행하자 정격의 아악은 퇴물 취급을 받는다. 더 큰 문제는 번

드르르한 말로 세상을 어지럽히는 것이다.

최근 한국 가톨릭교회의 창설 주역 이벽李檗(1754~1785)이 지은 것으로 알려진 《성교요지聖敎要旨》를 둘러싼 논란이 시끄럽다. 김양선 목사가 1930년대에 《만천유고蔓川遺稿》 등 여러 초기 천주교 서적을 구입하여 1960년대에 숭실대 기독교박물관에 기증했다. 여기 실린 《성교요지》는 시경체의 사언한시로 천주교 교리의 핵심을 설명한 내용이다. 이 책으로 이제껏 박사만 여럿 나왔다.

하지만 책 속의 《성경》 용어가 19세기 말 이후 기독교에서 쓰던 표현 투성이여서 위작설이 꾸준히 제기되어왔다. 최근 장신대 김현우, 김석주 두 분이 《성교요지》가 1897년 미국 선교사 윌리엄 마틴이 지은 《쌍천자문雙千字文》과 본문은 물론 주석까지 똑같다는 사실을 밝혔다. 《성교요지》는 이름만 바꿔치기한 가짜였다. 《만천유고》에 실린 이승훈의 시집 《만천시고》도 전부 가짜였다. 필자가 확인해보니, 이벽이 죽고 15년 뒤에 태어난 양헌수 장군의 시가 무려 30여 수나 절취되어 끼어들어 있었다.

자주색이 붉은색의 자리를 차지하고, 가짜가 진짜를 내몰았다. 그간의 공부와 노력이 허망하고 허탈하다. 이제라도 사실을 깨끗이 인정하면 그만일 일인데, 슬그머니 윌리엄 마틴 선교사가 이벽의 글을 베낀 것일 수도 있다는 주장이 나오기 시작한다. 끝까지 우겨보자는 심산이다. 로마 교황청에서 이벽과 이승훈에 대한 시성시복諡聖諡福 재판이 한창 진행 중인데 다 된 밥에 코를 빠뜨릴 셈이냐고 한다. 진실은 중요하지 않다는 얘기다.

《포박자》가 말한다.

진실과 허위가 뒤바뀌고, 보옥과 돌멩이가 뒤섞인다. 그래서 이 때문에 슬퍼한다.

眞僞顚倒, 玉石混淆, 故是以悲.

나도 슬퍼한다.

인재를 알아보는 안목

|

知人安民

청나라 건륭제는 63년간 재위하다가 89세로 세상을 떴다. 그는 재위 기간 중에《사고전서四庫全書》를 펴내는 등 중국 문화 선양에 크게 공헌했다. 마상황제馬上皇帝란 말이 있을 만큼 전역을 순행巡幸했고, 평생 공부를 손에서 놓지 않았다. 세상에 남긴 시가 4만 2천여 수다. 그의 치세治世 경륜을 담은 어록집《건륭잠언乾隆箴言》을 읽었다.

경험에서 나온 묵직한 말들이 적지 않다. 특별히 사람을 알아보는 안목을 중시했다. "임금 노릇이 무에 어려우랴. 사람 알아보기가 가장 어렵다〔爲君奚難, 難于知人〕." 인재를 알아보는 안목을 임금의 가장 큰 덕목으로 꼽았다.

자식을 잘못 아는 것은 그 해가 오히려 한 집안을 넘지 않는다. 신하를 잘못 알아보면, 그 해가 장차 나라와 천하에 미친다.

誤知子者, 其害猶不過一家. 誤知臣者, 其害將及國與天下.

자식을 잘못 알면 패가망신으로 끝나지만, 임금이 신하를 잘못 쓰면 그 해악이 나라를 망치고, 천하를 어지럽게 만든다.

건륭제의 말이 계속 이어진다.

백성을 편안케 하는 것은 반드시 사람을 알아보는 데에 달려 있다. 사람을 알아보는 것이 백성을 편안하게 하기보다 더 어렵다. 사람을 능히 알아볼 수 있다면 불안해하는 백성이 없게 된다.

安民必在于知人, 而知人尤難于安民. 能知人則無不安之民矣.

《서경》〈고요모皐陶謨〉에서 고요皐陶는 우임금에게 임금 노릇의 요체가 "사람을 잘 아는 데에 달려 있고, 백성을 편안히 하는 데에 달려 있다(在知人, 在安民)"고 강조한 대목에서 따왔다.

한 단락 더.

공경해도 게으르지 않고, 공정하되 사사로움 없이, 태연하나 교만하지 않고, 부지런해도 조급하진 않게. 이렇게 한 뒤라야 상벌이 분명하고 진퇴가 합당하며, 완급이 적절하고 상황에 알맞게 될 수가 있다.

敬而不懈, 公而無私, 泰而不驕, 勤而非躁. 然後能賞罰明而進退當, 緩急應而機宜合.

큰일 앞에 태연한 것이 '그래 봤자'의 교만이어서는 안 되고, 부지런히 애를 쓴다는 것이 조급하게 일을 망치는 것이어서는 안 된다. 말로는 공정을 내세우면서 사욕을 슬쩍 끼워넣고, 위해주는 척하면서 함부로 대하는 것은 윗사람의 그릇이 아니다.

물경소사

일의 성패가 사소한 데서 갈린다
|
勿輕小事

한나라 진평陳平이 음식을 조리할 때 고기를 모두에게 균등하게 나눠 주어 눈길을 끌었다. 끝내는 천하를 요리하는 지위에 올랐다. 임안任安이 사냥을 나가 함께 잡은 사슴과 고라니, 꿩과 토끼를 분배하는데, 사람들이 모두 임안이 공평하게 나눈다고 입을 모았다. 뒤에 그 또한 기절氣節 있는 인물로 이름이 났다. 사현謝玄이 환사마桓司馬 아래서 일할 때였다. 그는 신발을 신을 때조차 흐트러짐 없이 반듯했다. 사람들이 그가 장수의 역량이 있음을 그것을 보고 알았다. 사람은 사소한 일조차 소홀하게 대충 해서는 안 된다. 사소한 한 가지 일에서 그 사람의 바탕이 훤히 드러난다. 《문해피사文海披沙》에 나온다.

작은 일을 건성으로 하면서 큰일을 촘촘히 살필 수 없다. 집에서 새는 바가지가 밖에서 안 샐 리 없다. 개인의 일일 때는 문제가 없지만, 나랏일이면 그 피해를 헤아리기 어렵다. 《관윤자關尹子》에 실려 있다.

작은 일을 가볍게 보지 말라. 작은 틈이 배를 가라앉힌다. 작은 물건을 우습게 보아서는 안 된다. 작은 벌레가 독을 품고 있다. 소인을 그저 보아 넘겨서는 안 된다. 소인이 나라를 해친다.

勿輕小事, 小隙沈舟. 勿輕小物, 小蟲毒身. 勿輕小人, 小人賊國.

윤기가 〈정상한화〉에서 말했다.

세상에 공정한 말이 없다. 비난하고 기리는 것, 거짓과 진실이 모두 뒤집혀 잘못되었다. 시시비비란 것이 애증愛憎을 따르지 않으면 염량炎涼에 인할 뿐이다. 옳고 그름이 명백한데도 시비하는 자들은 언제나 옳은 것을 그르다고 하고, 그른 것을 옳다고 한다. 실상을 알면서도 명백하게 판별하지 않는 것은 피차간에 두텁고 각박함이 있어 일부러 이편과 저편이 되는 것이다. 개중에는 주견 없이 남의 말만 믿는 자가 있고, 선입견을 고수해서 다시 살펴볼 생각을 않는 경우도 있다. 서로 전하고 번갈아 호응해서 잘못을 답습하고 오류를 더한다.

世無公言. 毀譽虛實, 皆顚錯謬戾. 其所謂是非非者, 若非徇愛憎, 則乃是因炎涼耳. 有事於此, 其是非不翅黑白之易辨, 而人之是非之者, 每非是而是非. 有心知其實, 而不欲別白者, 有厚薄彼此, 而故爲左右者. 有中無所主, 而徒信人口者, 有固守先入, 而不復究覈者. 互傳交應, 襲謬增訛.

작은 구멍 하나가 제방을 무너뜨린다. 사소한 틈 때문에 배가 침몰한다. 소인 한 사람이 전체 조직에 균열을 가져온다. "그 정도는 봐줘야지, 뭐 별일이 있겠어?" 하다가 정신을 차리고 나면 때가 이미 늦었다.

법자천도

칭찬하는 자를 곁에 두려면 화를 내라

|

法者天討

명나라 호찬종胡纘宗이 엮은 《설문청공종정명언薛文淸公從政名言》의 몇 대목.

내가 감찰어사로 있을 때 위응물韋應物의 '높은 지위에 있으면서, 백성이 편안한 것을 보지 못함이 스스로 부끄럽다'고 한 구절을 생각하면, 두려워 경계하는 마음이 생기곤 했다.

吾居察院中, 每念韋蘇州 '自慙居處崇, 未覩斯民康' 之句, 惕然有警於心云.

자세를 바로잡게 만든다.

남이 자기를 비방하는 말을 듣고 성을 내면, 자기를 칭찬하는 자가 온다.

聞人毀己而怒, 則譽己者至矣.

매사에 칭찬만 듣고 싶은가? 바른말을 듣고 불같이 화를 내면 된다. 그러면 바른말 하는 사람은 떠나가고, 듣기 좋은 말만 골라서 하는 자들이 꼬여든다.

법이란 천리를 바탕으로 인정을 따르게 하는 것이다. 이를 위해 제도를 세워 막고 금한다. 마땅히 공평하고 정대한 마음으로 경중輕重을 합당하게 해야지, 한때의 희로喜怒로 법을 만들어서는 안 된다. 그렇게 하면 공평함을 얻지 못하는 사람이 많아진다.

法者因天理循人情. 而爲之防範禁制也. 當以公平正大之心, 制其輕重之宜, 不可因一時之喜怒而立法. 若然則不得其平者多矣.

의도를 가지고 만든 법은 반드시 공평함을 해친다.

법은 하늘이 내리는 벌이다. 공정함으로 지키고 어짊으로 행해야 한다.

法者天討也. 以公守之, 以仁行之.

이 말을 반복해서 강조했다.

법은 하늘이 내리는 벌이다. 법을 가지고 장난치면 하늘을 가지고 노는 것이니, 감히 공경스럽게 해야 하지 않겠는가?

法者天討也. 翫法所以翫天也. 敢不敬乎?

법은 하늘이 내리는 벌이다. 무겁거나 가볍거나 한결같이 무심하게 처리하는 것이 옳다. 간악한 자를 다스리면서 너그럽게 놓아주기를 힘쓰거나, 작은 은혜를 보여 남에게 자기의 은혜에 감사하게 하려 한다면, 하늘의 토벌을 몹시 업신여기는 것이다.

法者天討也. 或重或輕, 一付之無心可也. 或治奸頑, 而務爲寬縱, 暴其小慈, 欲使人感己之惠, 其慢天討也甚矣.

법 집행에 사감이 끼어들면 안 된다. 이 말을 더 보탰다.

한쪽에 치우치지 않는 것이 입법의 기본이고, 믿음성 있는 것은 법을 행하는 핵심이다.

中者立法之本, 信者行法之要.

사람이 답을 몰라 못하겠는가?

바랄 것을 바라라

豢羊望翼

1652년 10월, 윤선도尹善道(1587~1671)가 효종에게 당시에 급선무로 해야 할 여덟 가지 조목을 갖춰 상소를 올렸다. 〈진시무팔조소陳時務八條疏〉가 그것이다. 하늘을 두려워하라는 외천畏天으로 시작해서, 마음을 다스리라는 치심治心을 말한 뒤, 세 번째로 인재를 잘 살필 것을 당부하는 변인재辨人材를 꼽았다.

"정치는 사람에 달렸다(爲政在人)"고 한 공자의 말을 끌어오고, "팔다리가 있어야 사람이 되고, 훌륭한 신하가 있어야 성군이 된다(股肱惟人, 良臣惟聖)"고 한《서경》의 말을 인용한 뒤 이렇게 말했다.

삿된 이를 어진 이로 보거나, 지혜로운 이를 어리석게 여기는 것, 바보를 지혜롭게 보는 것 등은 바로 나라를 다스리는 자의 통상적인 근심입니다. 다스려지는 날은 늘 적고, 어지러운 날이 항상 많은 것은 모두 이 때문입니다.

以邪爲賢, 以智爲愚, 以愚爲智, 此乃有國家者之通患. 而治日常少, 亂日常多, 皆由於此也.

이어서 적재적소에 인물을 발탁하는 문제를 설명한 뒤 다시 이렇게 이었다.

마땅한 인재를 얻어서 맡긴다면, 전하께서는 그저 가만히 있어도 나라를 다스릴 수 있고, 높이 팔짱을 끼고 있어도 아무 근심이 없을 것입니다. 마땅한 인재를 얻지 못한 채 나라를 다스리려 한다면, 이는 진실로 수레를 타고서 바다로 달려가고, 양을 길러 날개가 돋기를 바라는 것과 같아, 애를 써봤자 한갓 수고롭기만 하고, 나날이 위망危亡의 길로 나아가게 될 것입니다.

如此等人材得而任之, 則殿下可以垂衣而治, 高拱無憂矣. 不得其人, 而欲治其國, 則誠如乘輦而適海, 爹羊而望翼, 徒勞於勵精, 而日就於危亡矣.

글 중에 수레를 타고 바다로 가고(乘輦適海), 양을 길러 날개가 돋기를 바란다(爹羊望翼)는 말은, 당나라 때 성균盛均의 〈인한해人旱解〉에 나온다. 수레를 몰고 길이 아닌 바다를 향해 내달리면 결국은 물에 가라앉고 만다. 아무리 정성을 쏟아 길러도 양의 어깨에서 날개가 돋아날 리는 없다.

될 수 없는 일의 비유로 쓴다. 효종은 비답批答을 내려, 내가 불민하지만 가슴에 새기지 않을 수 없다며, 앞으로도 나의 과실을 지적하고 부족한 점을 채워달라고 당부했다.

막을 수 있을 때 막아야

—

當防未然

명나라 왕상진의 《일성격언록》〈복관服官〉 편은 벼슬길에 나가는 사람
의 마음가짐을 적은 글을 모았다. 그중 한 대목.

관직에 있는 사람은 혐의스러운 일을 마땅히 미연에 막아야 한다. 한
번 혐의가 일어나면 말을 만들고 일을 꾸미는 자들이 모두 그 간사함
을 제멋대로 부린다. 마원馬援의 율무를 길이 교훈으로 삼을 만하다.

居官者嫌疑之事, 皆當防於未然. 一涉嫌疑, 則造言生事之人, 皆得肆其奸矣.
馬援薏苡, 可爲永鑑.

'마원의 율무 이야기'는 사연이 이렇다. 후한의 명장 마원이 교지국交趾國에 있을 때 일이다. 그곳의 율무가 몸을 가볍게 해 남방의 풍토병을 예방하는 데 좋다고 해서 이를 상복했다. 돌아올 때 수레 하나에 율무를 싣고 돌아왔다. 그가 죽자 헐뜯는 자가 황제에게 글을 올려, 마원이 수레 가득 진주와 물소뿔 같은 온갖 진귀한 물건을 싣고 와서 착복했다고 참소했다. 황제가 격노했다. 그의 처자는 두려워 장사도 치르지 못했다. 황제에게 여섯 차례나 애절한 글을 올리고서야 오해가 풀려 장례를 치를 수 있었다.

이런 말도 보인다.

사대부는 마땅히 천하가 가볍게 여길 수 없는 사람이 되어야지, 천하 사람이 상식적이라 여길 수 없는 일을 해서는 안 된다.
士大夫當爲天下必不可少之人, 莫作天下必不可常之事.

상식에 벗어나는 일을 아무렇지 않게 하면서, 천하가 무겁게 대접해주기를 바랄 수는 없다.

관직에 나아가는 방법은, 닥친 일은 내버려두지 않고, 지나간 일은 연연하지 않으며, 일이 많아도 두려워하지 않아야 한다.
蒞官之法, 事來莫放, 事去莫追, 事多莫怕.

급히 해야 할 일은 다 미뤄두고, 묵은 일만 있는 대로 들추다가, 정작 일이 생기면 겁을 먹고 결단을 내리지 못한 채 꽁무니를 뺀다.

군자는 사소한 작은 혐의를 능히 받아들인다. 그래서 변고나 싸움 같은 큰 다툼이 없다. 소인은 작은 분노를 능히 참지 못하므로 환히 드러나는 패배와 욕됨이 있게 된다.

君子能受纖微之小嫌, 故無變鬪之大訟. 小人不能忍小忿, 故有赫赫之敗辱.

작은 잘못은 인정하면 그만인데, 굳이 아니라고 우기다가 아무것도 아닐 일을 큰일로 만든다. 안타깝다.

인내와 용서로 분노를 끄자

習忍責怒

《칠극》의 넷째 권은 〈식분熄忿〉이다. 분노를 잠재우는 방법을 적었다. 분노는 불길처럼 타올라 순식간에 모든 것을 태워버린다. 어떻게 해야 가슴속에 수시로 일렁이는 분노의 불길을 끌 수 있을까?

성 스테파노가 말했다.

분노로 남을 해치는 것은 벌과 같다. 벌은 성이 나면 다른 것을 쏜다. 쏘인 것은 약간 아프고 말지만, 벌은 목숨을 잃는다.

以怒害人如蜂. 蜂以怒螫物, 物得微痛, 而自失命.

한때의 분풀이를 위해 목숨을 내던지는 어리석음을 막으려면 무엇보다 인내를 배워야 한다. 인내의 방법은 이렇다.

분노는 잠깐 동안 미쳐버리는 것이다. 술에 취하는 것과 분노에 취하는 것은 한가지다. 분노했을 때 한 행동은 분노가 풀리고 나면 반드시 후회한다. 그러므로 분노했을 때는 마땅히 스스로를 꽉 눌러서 생각하지도 말고 말하지도 말아야 한다. 또 성낼 일을 행해서도 안 되고, 성나게 만든 사람을 나무라서도 안 된다.

怒暫狂也. 以酒醉, 以怒醉等也. 怒時所行, 怒解必悔. 故怒時宜自禁, 且勿思, 且勿言. 且勿行所以怒事, 且勿責所以怒人.

이런 말도 했다.

나와 똑같은 사람과 싸우는 것은 위태롭고, 나보다 강한 이와 다투는 것은 미친 짓이며, 나보다 약한 이와 싸우는 것은 부끄러운 일이다. 그러므로 너를 해친 사람이 너보다 약하다면 상대를 용서해주는 것이 옳고, 너보다 강하다면 너 자신을 용서하는 것이 맞다. 비슷할 경우는 서로를 용서해주어야 한다.

與平等鬪險, 與强鬪狂, 與弱鬪辱. 故人之傷爾者, 弱於爾, 宜恕彼. 强於爾, 宜恕爾. 與爾等, 宜恕彼與爾.

앞서는 인내를 말하고, 여기서는 용서를 꼽았다.
마카리우스의 예화도 흥미롭다. 파리 한 마리가 음식 앞에서 왔다 갔다

하자 화가 난 그가 그 파리를 죽였다. 그리고 나서 스스로를 자책하며 말했다. "파리가 먹는 것조차 능히 참지 못하였으니, 어찌 큰 괴로움을 참겠는가?" 그는 마침내 옷을 벗고 들판으로 나가, 모기와 등에게 제 살을 물게 했다. 사람들이 연유를 묻자 그가 대답했다. "인내를 익히고 성낸 것을 꾸짖기 위해서입니다〔習忍責怒〕."

분노를 종식시키려면 무엇보다 인내와 용서를 배워야 한다.

어룡과 초목이 알아들은 뜻

|

誓海盟山

충무공의《난중일기》중 1595년 7월 1일의 기록이다.

혼자 다락 위에 기대 나라의 형세를 생각하니 위태롭기가 아침 이슬 같다. 안에는 계책을 결단할 동량의 인재가 없고, 밖으로는 나라를 바로잡을 주춧돌 같은 인물이 없다. 종묘사직이 끝내 어디에 이를지, 심사가 번잡하고 어지러워 온종일 엎치락뒤치락했다.

獨依樓上, 念國勢危如朝露. 內無決策之棟樑, 外無匡國之柱石. 未知宗社之終至如何, 心思煩亂, 終日反側.

그는 자주 악몽에 시달리고 불면에 괴로워했다. 소화기가 안 좋았던 듯 토사곽란을 달고 살았다. 네 수 남은 시 속에서도 그는 늘 잠을 못 이룬다. 다음은 〈한산도야음閑山島夜吟〉의 두 구절이다.

근심겨운 마음에 뒤척이는 밤
새벽 달빛 활과 칼을 비추는구나.
憂心輾轉夜　殘月照弓刀

〈무제육운無題六韻〉에서는 다음과 같이 깊은 탄식을 삼켰다.

우수수 비바람 몰아치는 밤
또랑또랑 잠조차 이루지 못해.
아픔 품어 마치 간담 꺾인 듯
상심하니 칼로 살을 가르는 듯해.
산하는 참담한 빛을 띠었고
물고기와 새마저도 슬픈 노래뿐.
나라엔 창황한 형세 있건만
이 위기 돌이킬 인재가 없다.
회복함 제갈량을 그리워하고
내달림 곽자의를 사모하노라.
여러 해 방비의 계책 세워도
이제 와 성군을 속이었구나.
蕭蕭風雨夜　耿耿不寐時

懷痛如摧膽　傷心似割肌
山河猶帶慘　魚鳥亦吟悲
國有蒼黃勢　人無任轉危
恢復思諸葛　長驅慕子儀
經年防備策　今作聖君欺

조경남趙慶男(1570~1641)이 《난중잡록亂中雜錄》에서 충무공이 한산도
에서 읊은 스무 운의 시 중 단지 하나 남은 연으로 소개한 구절은 이렇다.

바다에 맹서하니 어룡魚龍이 꿈틀대고
산에 다짐하자 초목이 알아듣네.
誓海魚龍動　盟山草木知

대체 무엇을 맹서했기에 초목과 어룡조차 격동되어 대답했던가? 공이
자신의 칼에 새긴 검명劍銘에 "석 자 칼로 하늘에 맹서를 하니, 산하조차
낯빛이 움직이누나〔三尺誓天, 山河動色〕"라 했고, 그 맹서의 내용은 다른 칼
에 새긴 "한번 휘둘러 쓸어버리매, 산하가 그 피로 물들리〔一揮掃蕩, 血染山
河〕"에 담겨 있다. 충무공은 우리에게 피 끓는 이름이다. 공에게 부끄럽지
않을 날을 기다린다.

취우표풍

소나기처럼 왔다가 회오리바람같이 사라진 권세

|

驟雨飄風

1776년 정조가 보위에 오르자 권력이 모두 홍국영에게서 나왔다. 29세
의 그는 도승지와 훈련대장에 금위대장까지 겸직했다. 집에는 거의 들어
가지 않고 대궐에서 생활했다. 어쩌다 집에 가는 날에는 만나려는 사람들
이 거리에 늘어서고 집안을 가득 메웠다.

홍국영이 물었다. "그대들은 어째서 소낙비(驟雨)처럼 몰려오는 겐가?"
한 무변武弁이 대답했다. "나으리께서 회오리바람(飄風)처럼 가시기 때문
입지요." 홍국영이 껄껄 웃으며 대구를 잘 맞췄다고 칭찬했다. 취우표풍
驟雨飄風은 소나기처럼 권력을 휘몰아치다가 회오리바람처럼 사라진 홍
국영의 한 시절을 상징하는 말로 회자되었다. 심노숭沈魯崇(1762~1837)

의《자저실기自著實紀》에 나온다.

절대권력을 휘두르던 그는 3년 뒤에 실각했다. 정조는 그에게 지금의 연세대학교 뒤편 홍보동紅寶洞에 집을 하사했다. 그는 한겨울에 숯불을 피워가며 으리으리한 집을 지었다. 낙성식에는 조정 대신이 다 달려가서 축하했다. 집 이름을 취은루醉恩樓라 지었다. 임금의 은혜에 취한다는 의미를 담았다. 숙위소에 보관했던 물건을 새집으로 옮겨올 때 장정 30~40명이 동원되어 10여 일을 날라야만 했다. 돈이 5만 냥에 패도佩刀가 3천 자루, 쥘부채만 1만 자루가 넘었다.

임금에게 내쳐진 뒤 그는 미친 사람처럼 허둥대며 안절부절못했다. 혼잣말로 "아무개는 죽여야 하고, 아무개는 주리를 틀어야 한다"고 중얼댔다. 그 좋은 집에서는 살아보지도 못하고 강릉으로 쫓겨갔다. 서울서 편지가 오면 반가워 뜯었다가 이내 찢고 돌아누워 엉엉 울었다. 길 가던 무지렁이 백성을 붙들고 잘나가던 시절의 이야기를 하는 것이 그의 유일한 낙이었다. 듣던 이가 위로의 말이라도 건네면 손으로 땅을 치면서 통곡을 했다.

1년 만에 죽어 소달구지에 실려와 경기도 고양 땅에 묻혔다. 영정에 은마도사恩麻道士라고 쓰여 있었다. '은마'는 임금이 벼슬을 임명할 때 내리는 조서를 말한다. 그는 권력에 도취하고 은혜에 취해 취은루를 짓고, 은마의 추억을 곱씹다 죽었다.

심노숭은 이 일을 적고 나서, 그의 무덤은 위치조차 알 수 없게 되었다는 한마디를 보탰다.

일 없을 때 살펴라
|
居安思危

이색의 〈진시무서陳時務書〉 중 한 대목이다.

근래에 왜적 때문에 안팎이 소란스러워 거의 자리를 잡지 못하고 있습니다. 하지만 편안함에 처하여서도 위태로움을 생각한다면〔居安思危〕, 가득 차더라도 넘치지 않을 것입니다. 환난을 생각하여 미리 막는다면〔思患豫防〕, 어찌 엉킨 문제를 도모하기 어렵겠습니까? 늘 하던 대로 하다가 하루아침에 일이 생길 것 같으면, 장차 무엇으로 이를 대비하겠습니까?

近以倭賊, 中外騷然, 幾不土著. 然居安思危, 則雖滿不溢. 思患五防, 何蔓難圖? 苟或因循, 一朝有緩急, 將何以備之乎?

이정암李廷馣(1541~1600)의《왜변록倭變錄》에 실린, 서해도관찰사 조운
흘趙云仡(1332~1404)이 임금에게 올린 글의 첫대목이다.

무릇 나라를 다스리는 사람은 집안이 넉넉하고 인구가 많으며 안팎
으로 근심이 없을 때에도 오히려 거안사위居安思危하면서 두루두루 꼼
꼼히 예비합니다. 하물며 우리나라는 물길로는 왜의 섬과 가깝고 육지
는 오랑캐 땅에 이어져서 진실로 근심하지 않을 수 없습니다.
凡爲國者, 當家給人足, 內外無患之時, 猶且居安思危, 綢繆預備. 況我本朝,
水近倭島, 陸連胡地, 固不可以不虞也.

주희朱熹가 송 효종孝宗에게 올린 봉사封事에서 말했다.

천하의 일은 어렵거나 일이 많은 것을 근심할 것이 아니라, 편안한
것이 짐독酖毒이 됨을 두려워해야 합니다. 설령 정치가 잘 행해져서 해
야 할 일이 한 가지도 없다 하더라도, 아침저녁으로 두려워하고 거안
사위하면서 조금이라도 게을러서는 안 됩니다. 하물며 지금 천하는 비
록 당장 눈앞의 급한 일은 없는 것 같지만, 백성은 가난하고 재물은 궁
핍하며, 병사들은 게으르고 장수들은 교만합니다. 바깥에는 강포强暴한
오랑캐가 있고, 안으로는 원망하는 군인과 백성이 있습니다.

'거안사위'는《춘추좌씨전》에 나온다. 진晉나라 도공悼公이 정鄭나라

가 보내온 항복 예물의 절반을 싸움에 큰 공을 세운 위강魏絳에게 주었다. 위강이 사양하며 말했다. "편안하게 지낼 적에 위태로움을 생각하라고 했습니다. 생각하면 대비가 있게 되고, 대비가 있으면 근심이 없습니다[居安思危, 思則有備, 有備無患]." 잘나갈 때 돌아보고, 일 없을 때 더 살펴야 하는데, 우리는 어쩌자고 소 잃고 번번이 외양간 고치기에 바쁘다.

태
배
예
치

복어 등의 반점과 고래의 뾰족한 이빨

|

鮐背鯢齒

나이 많은 노인을 일컫는 표현에 태배鮐背와 예치鯢齒, 그리고 황발黃髮
이 있다. '태배'는 복어의 등인데, 반점이 있다. 연세가 대단히 높은 노인
은 등에 이 비슷한 반점이 생긴다고 한다. 이의현李宜顯(1669~1745)은 만
70세 이후에 쓴 자신의 시를 모아 제목을 '태배록'이라고 붙였다. 세종이
1439년 5월, 조말생趙末生에게 궤장几杖을 하사하며, "아! 경은 몸을 편
히 하고 힘을 북돋워 태배의 수명을 많이 늘리라"고 한 것도 이 뜻이다.

'예치'는 고래 이빨이다. 고래의 이빨은 세모난 송곳니 모양이다. 상노
인이 이가 다 빠지고 오래되면 다시 뾰족하고 가는 이가 난다. 어린이의
이와 같다고 해서 아치兒齒라고도 한다. 이남규李南珪(1855~1907)가 〈동

신선전董神仙傳)에서 "동신선은 짙은 머리가 흘러내려 이마를 덮었고, 아래윗니가 단단하고 뾰족해서 고래의 이빨과 같았다"고 묘사한 바 있다. 이른바 낙치부생落齒復生이라 하는 것이다.

'황발'은 희게 셌던 머리털이 다시 누렇게 변한 것을 말한다. 이제 다시 검어질 일만 남았으니, 인생의 한 사이클을 새로 시작할 준비를 마친 셈이다. 몸에 이런 변화가 일어나면 오래 장수할 조짐으로 여겼다.

1794년 정조는 어머니 혜경궁 홍씨가 곧 회갑의 경사를 맞게 되자, 경축하는 잔치를 크게 베풀었다. 그러고는 이를 기념하여 70세 이상의 관리와 80세가 넘은 백성 등에게 지위를 한 등급씩 올려주고, 100세 이상의 노인에게는 숭정대부의 품계를 내렸다. 그해 정초부터 6월까지 전국적으로 조사하여, 벼슬을 받은 사람이 75,100여 명이나 되었다. 이들의 나이를 모두 합하자 5,898,210세였다.

정조는 이 7만여 명의 노인들이 은혜에 감격하여 자전慈殿을 축수祝壽한다면 그 기쁨이 과연 어떻겠느냐면서, "예치가 조정에 가득하고 학발이 들판을 뒤덮은(鯢齒盈廷, 鶴髮蔽野)" 성대의 장관을 회복해보자고 했다. 국가에 그 상서로운 기운이 가득 퍼지기를 염원해, 그 전후사연을 정리해 《인서록人瑞錄》이란 책자를 펴내기까지 했다. 임금의 거룩한 효심에 감격해 온 백성이 환호했다.

법 위의 법은 없다

法如是足

한문제漢文帝가 지나가는데 백성 하나가 다리 밑에서 불쑥 뛰어나왔다. 말이 놀라 황제가 크게 다칠 뻔했다. 백성은 이제 지나갔겠지 싶어 나왔다가 놀라 달아난 것이었다. 문제가 그를 정위廷尉 장석지張釋之에게 넘겼다. 장석지는 벌금형을 내린 후 그를 석방했다. 임금은 고작 벌금형이라니, 하며 화를 냈다.

장석지가 대답했다.

"법은 천자가 천하 백성과 함께하는 공공公共의 것입니다. 법이 그렇습니다. 더 무겁게 적용하면 백성이 법을 믿지 않게 됩니다. 그 자리에서 그를 베셨으면 몰라도, 제게 맡기셨으니 법의 저울로 헤아릴 뿐입니다."

문제가 수긍했다.

이번엔 어떤 자가 한고조漢高祖 사당 앞의 옥환玉環을 훔쳤다. 장석지는 종묘의 물건을 도둑질한 죄안을 적용해 사형을 언도했다. 황제는 삼족을 멸해도 시원찮은데 사형에 그치다니 말도 안 된다, 내가 종묘를 받드는 뜻에 맞지 않는다며 펄펄 뛰었다.

장석지가 관을 벗고 말했다.

"법으로는 이 정도면 충분합니다(法如是足). 지금 만약 종묘의 옥환을 훔쳤다고 족멸族滅하셨는데, 만에 하나 어리석은 백성이 고조 묘의 한 줌 흙을 파낸다면 폐하께서는 어떤 법을 더하시렵니까?"

고작 옥환 하나에 족멸을 한다면, 후에 아예 무덤을 도굴하는 자가 나올 경우 그때는 무슨 법을 적용하겠느냐는 말이다. 황제가 이번에도 그의 말을 따랐다.

감정에 치우쳐 법의 잣대를 임의로 들이대면 당장 분은 풀리겠지만 기준이 무너진다. 법은 국가의 위의威儀다. 촛불이 아름다웠지만 절차에 따라 헌재의 결정을 거쳤기에 더 멋지다. 당장에 감옥에 처넣고 싶고, 답답하고 에돌아가 속이 터져도 법의 절차를 따르는 것이 맞다. 성질대로 하고 기분을 앞세우면 원칙이 무너진다. 법 위의 법은 없다. 억울함도 통쾌함도, 옳고 그름도 법의 저울로 재는 것이 맞다.

지족보신

만족할 줄 알아야 오래간다

|

知足保身

　나라 창고 옆에 사는 백성이 있었다. 그는 아무것도 하는 일 없이 평생
을 백수로 살았다. 종일 집에서 빈둥거리다 저녁때가 되면 어슬렁거리며
나가 밤중에 돌아왔다. 손에는 어김없이 다섯 되의 쌀이 들려 있었다. 어
디서 난 쌀이냐고 물어도 대답하지 않았다. 수십 년을 흰쌀밥 먹고 좋은
옷 입으며 온 식구가 잘 살았다. 막상 집 안을 들여다보면 세간은 하나도
없었다.

　그가 늙어서 죽게 되었을 때 아들을 불렀다. "내 말을 잘 듣거라. 집 뒤
나라 창고 몇 번째 기둥 아래 집게손가락만 한 작은 구멍이 있다. 그 안쪽
에는 쌀이 가득 쌓여 있다. 너는 손가락 굵기의 막대로 그 구멍을 후벼파

서 쌀을 하루 다섯 되만 꺼내오너라. 더 가져오면 안 된다." 이 말을 남기고 그는 세상을 떴다.

아들이 아버지의 분부대로 해서 이들은 전과 다름없이 생활할 수 있었다. 하지만 아들은 차츰 갑갑증이 났다. 끌로 파서 구멍을 더 키웠다. 하루에 몇 말씩 꺼내기 시작했다. 그래도 일이 없자 신이 나서 구멍을 더 키웠다. 결국 창고지기에게 발각되어 붙들려 죽었다.

권필權韠(1569~1612)의 〈창맹설倉氓說〉에 나오는 이야기다. 권필은 이야기 끝에 이렇게 썼다. "구멍을 뚫는 것은 소인의 악행이다. 하지만 진실로 만족할 줄 알았다면 몸을 지킬 수 있었으니, 백성이 그러하다. 되나 말은 이익의 잗단 것이다. 하지만 만족할 줄 모르면 몸을 죽일 수가 있다. 백성의 아들이 그렇다. 하물며 군자이면서 족함을 아는 사람이라면 어떻겠는가? 하물며 천하의 큰 이익을 취하면서도 족함을 알지 못하는 자라면 어떻겠는가?"

1년에 500억 원을 벌었다는 중국 여배우는 세금을 안 내려다 당국에 감금되었다 하고, 쌍둥이 딸의 동시 전교 1등은 실력이라고만 믿기엔 욕심이 너무 과했다는 느낌을 갖게 한다. 족함을 알았던 창고 도둑은 평생을 탈 없이 살았지만, 만족을 몰랐던 그 아들은 쌀 몇 말 더 훔치려다 목숨과 바꿨다. 바른 일을 하면서 족함을 아는 경우와, 악한 짓을 하면서 족함을 모르는 경우와 견주면 어떠한가?

탕척비린

마음에서 비루하고 인색함을 말끔히 비워낸다

|

蕩滌鄙吝

나가노 호잔이 《송음쾌담》에 검소함(儉)과 인색함(吝)의 구별을 묻는 객의 질문이 나온다. 그는 두 구절을 인용해 그 차이를 설명했다. 먼저 송나라 진록이 엮은 《선유문》의 구절.

검소함으로 자신을 지키는 것을 덕이라 하고, 검소함으로 남을 대접하는 것은 비鄙라고 한다.
處己以儉謂之德, 待人以儉謂之鄙.

검소함이 자신에게 적용되면 덕이 되지만, 남을 향하면 비루하게 된다는 말이다. 자신에게는 마땅히 엄정하고 검소해야 하나, 남에게 베풀 때 그렇게 하면 인색한 짠돌이가 된다.

다시 《조씨객어晁氏客語》를 인용했다.

한위공韓魏公은 집안의 재물 쓰기를 나라 물건 쓰듯 해서 인색하지 않았다고 말한다. 증노공曾魯公은 관가의 물건 아끼기를 자기 물건처럼 했으니 진실로 검소하다고 말한다.

韓魏公用家資如國用, 謂不吝也. 曾魯公惜官物如己物, 謂誠儉也.

한위공은 자기 물건을 나라 물건 쓰듯 공변되게 베풀어서 인색하지 않다는 평가를 받았다. 증노공은 나라 물건을 자기 물건처럼 아껴써서 검소하다는 말을 들었다.

안 아낄 데 아끼고 아낄 것을 안 아끼면 인색한 사람이 되고, 아낄 데 아끼면서 안 아낄 데 베풀 줄 알면 검소한 사람이라 한다. 제 물건에 발발 떨면 인색하단 소릴 듣지만, 나라 물건이나 회삿돈을 제 것인 양 쓰면 비루하고 몹쓸 인간이 된다.

퇴계는 〈도산십이곡발陶山十二曲跋〉에서 우리나라 가곡의 흐름을 짚었다. 〈한림별곡翰林別曲〉 같은 작품은 긍호방탕矜豪放蕩 즉 마구 뽐내고 방탕한 데다, 설만희압褻慢戲狎 곧 제멋대로 장난치고 함부로 굴어서, 군자가 숭상할 만한 것이 못 된다. 이별李鼈의 〈육가六歌〉는 세상을 우습게 보는 완세불공玩世不恭의 뜻이 있어 온유돈후溫柔敦厚의 실지가 부족하다. 그래서 자신이 〈도산십이곡〉을 지었는데, 노래하고 춤추는 사이에 탕척비린蕩滌鄙吝의 마음이 생겨나서, 감발융통感發融通 즉 느낌이 일어나 답답하던 것이 두루 통하게 되기를 희망했다.

답답한 세상이다. 탕척비린! 마음속에서 비루하고 인색함을 말끔히 세척해내자.

극자만복

사물을 보며 마음 자세를 가다듬다

|

棘刺滿腹

강재항姜在恒(1689~1756)이 쓴 〈현조행玄鳥行〉이란 시의 사연이 흥미롭다.

제비 한 쌍이 새끼 다섯 마리를 길렀다. 문간방 고양이가 틈을 노려 암컷을 잡아먹었다. 짝 잃은 제비가 슬피 울며 넋을 잃고 지내더니, 어느새 다른 짝을 구해 새살림을 차렸다.

그런데 놀라운 일이 벌어졌다. 제가 기르던 새끼를 발로 차서 마당에 떨어뜨린 것이다. 죽은 새끼의 주둥이를 벌려보니 입안에 날카로운 가시가 가득했다. 그 가시가 배를 찔러 잘 자라던 다섯 마리 새끼가 한꺼번에 죽은 것이다. 새살림에 방해가 되는 새끼들이 거추장스러워 그랬을까?

아비는 제 새끼들에게 벌레를 물어다주는 대신 가시를 물어다 먹였다.

시인은 이 대목에서 분개했다.

입 더듬어 먹은 물건 살펴봤더니
날카로운 가시가 배에 가득해.
내 마음 이 때문에 구슬퍼져서
한동안 손에 들고 못 놓았다네.
지붕에 불 지르고 우물을 덮었다던
예부터 전하던 말 헛말 아닐세.

探口見食物　棘刺滿腹藏
我心爲之惻　歷時久未放
塗廩與浚井　古來傳不妄

옛날 순임금의 아버지 고수瞽瞍도 새장가를 들고 나서 아들에게 곡식
창고를 고치라고 지붕에 올라가게 해놓고 아래서 불을 지르고, 우물을 치
우게 하고는 이를 덮어 죽이려 했던 일이 있었다.

위백규도 〈잡저雜著〉에서 말했다. "제비는 암수 중 한쪽이 죽어 새 짝을
얻으면 반드시 가시를 물어다 이전 짝의 새끼에게 먹여 죽인다." 조선시
대에 이 같은 생각이 꽤 널리 퍼져 있었다는 뜻이다. 새 아내가 전처소생
의 자식을 구박하고 학대하는 일이 워낙 흔하다 보니, 제비의 행동에 이
를 투사하여 보았던 셈이다.

실제 짝을 잃은 제비는 양육을 포기할 수밖에 없다고 한다. 부부가 부
지런히 먹이를 날라 먹여도 새끼를 배불리 먹이기 힘들기 때문이다. 가시

를 먹었다고 생각한 것은 오해다. 새들은 먹이를 통째로 삼키므로 역류 방지를 위해 목구멍에 가시처럼 뾰족하게 솟아오른 기관이 있다. 이것을 가시로 오해했다. 제비야 억울하겠지만, 사물의 생태를 보며 삶의 자세를 가다듬고 교훈을 얻고자 한 선인들의 그 마음만은 귀하다.